Commentarii de
Imperii Romni

제국 흥망기
롬디아

V

강습의 제2황녀

"차는 입으로 직접
옮겨 드리는 게 좋으신가요?"

요염한 시녀복을 착용한
소피 이하 시녀 군단이 황자에게 달라붙었다.
찰싹 달라붙어서,
노골적으로 황자에게 몸을 들이민다.
몸이라고 할까, 몸 일부를.
구체적으로 말하자면 흉부였다.

"왜 그러지, 왜 그러지?! 제국 수군
병사쯤이나 되는 자가, 그 정도의 저항밖에
못 해도 괜찮은 거냐?!"

병사의 선두에 서서 수군 병사에게 달려드는 빨간
여자는 날이 무뎌진 검을 버리고, 등에 짊어진 다른
검을 힘차게 뽑았다

"받아쳐라!"

"한 명도 살려서 돌려보내지 마라!"

"그건 이쪽이 할 말이다!"

"전부 다 죽여라!"

이곳저곳에서 노호가 일어나고
갈끼리 부딪치는 소리가 울려 퍼졌다.

# 롬니야제국흥망기

## Commentarii de Imperio Romnia

강습의 제2황녀

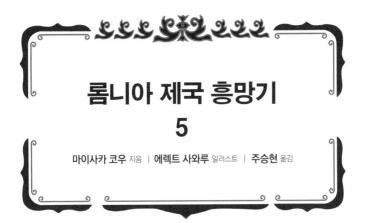

# 롬니아 제국 흥망기
# 5

**마이사카 코우** 지음 | **에렉트 사와루** 일러스트 | **주승현** 옮김

일러스트 | **에렉트 사와루**

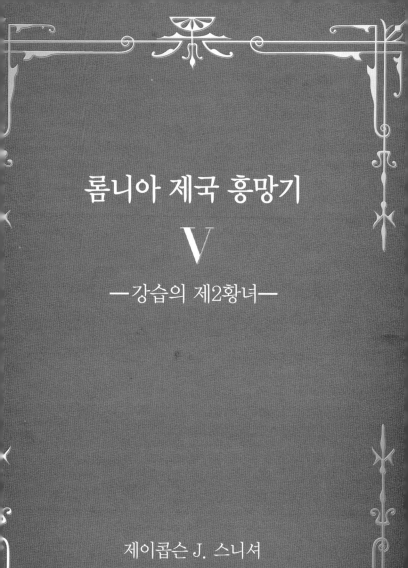

# 롬니아 제국 흥망기

# V

―강습의 제2황녀―

제이콥슨 J. 스니셔

# 롬디아제국 흥망기
## 인물편

사이파카르의 신하(직신 측)

### 스텔라스텔라

황제가 사이파카르에게 붙인 교육관으로 안경이 어울리는 재원. 사이파카르의 업적을 후세에 전하는 저술을 남긴다.

### 프레이야

사이파카르의 친위대장. '제국에서도 다섯 손가락 안에 들어가는 창사(槍使)'를 자칭하지만, 과장이 아니다. 신창 그레이바닐의 사용자.

### 리 인

동방세계에서 온 권법의 달인. 사이파카르의 개인적인 식객으로, 황자의 경호원을 자처하고 있다.

### 소피

사이파카르를 섬기는 전진(戰陣) 시녀. 제피의 누나. 언제나 사이파카르의 씨앗을 노리고 있다.

### 제피

사이파카르를 섬기는 시녀(같은 존재). 다리 사이에는 '훌륭한 창을 장비하고 있다.' (리 인 왈)

황위계승자

### 사이파카르

롬니에우스 1세의 제6황자. 세간에서는 '얼간이 황자'라는 평판이지만, 실상은 만만치 않은 수완가.

### 네므네모

산의 민족 출신. 살쾡이를 연상케 하는 유연한 몸매와 재빠른 움직임을 자랑한다. 리 인과 마찬가지로 사이파카르의 개인적인 식객.

### 슈라투

유능한 관료. 가짜 인감 제작이나 가짜 서명이 특기다. 본인의 것보다도 진짜 같다는 소문.

### 그라우쿠스

전 에스파르 왕국의 장군으로 엄청난 거한. 산적 짓을 하며 부하를 먹여 살리고 있었으나, 사이파카르의 눈에 띄어 부하가 되었다.

## 리리엔텔리오나슈브라피슈카

통칭 리리. 겉보기는 12, 13살의 귀여운 소녀이지만, 알 아라의 군단장을 맡고 있다. 전투능력도 높다.

## 기 쥬카

전 배우. 성별 불명. 용모로도 목소리로도 남녀 구별이 되지 않는다. 타인의 몸짓이나 말투를 흉내 내는 것이 특기.

## 레프라프티

알 아라 수군의 대장이지만, 알 아라에 수군은 존재하지 않는다. 엿보기가 취미인 듯하여, 그게 원인으로 좌천당했다.

## 요우코

극동의 섬나라에서 온 검사로, 알 아라의 부군단장. 말수는 적지만 상당한 빈정꾼. 발도술의 명수.

## 슈메이르

활의 달인으로 온후한 인품. 요우코와 함께 알 아라의 부군단장을 맡고 있다.

## 자넷티

사이파카르가 착임하기 전까지 동변경주의 장관이었다. 장관이었을 때 주의 공금을 횡령하여 이곳저곳에 투자하고 있었다.

## 세이야

언제나 극히 작고 극히 얇은 옷밖에 입고 있지 않은. 자칭 '마녀.' 점성술이 특기로, 자주 길조를 점친다고 한다.

## 치체리아나

롬니에우스 1세의 제3황녀. 제국 수군 총사령관. 사이파카르의 위험성을 꿰뚫어 본 혜안의 소유자. 황제가 서거하였다는 소식을 듣고 궐기를 결의한다.

## 로키신

롬니에우스 1세의 제4황자. 황태자와는 견원지간. 황제 서거 소식을 듣고 가장 먼저 일어섰다.

## 미코노스 형제

형 미코라와 동생 미코리 두 사람이 안키테르주의 장관을 맡고 있다. 황제 서거 소식을 듣고 일어선다.

## 롬니에우스 1세

롬니아 제국 초대 황제. 소국 롬니아 왕국을 세계 제국으로 성장시킨 걸물. 황제의 죽음과 함께 제국의 와해가 시작되어, 군웅할거의 시대를 맞이한다.

## 캘거리

제국의 재상. 유능하며, 게다가 모략에 매우 능하다. 딸을 황태자에게 시집 보냈으며, 타란티우스의 강력한 뒷배.

## 빌더발더스 상장군

제국 최강의 무장. 확고한 고정관념의 소유자. 전쟁하여 승리함으로써 영토를 늘리는 것밖에 머릿속에 들어있지 않다.

# 서문

자, 서두도 인사도 없이 갑자기 물어보도록 하겠다.

저번 숙제의 답을 도출해낼 수 있었을까.

물론 도출해냈다.

그렇게 말하는 사람은 앞으로 나아가도 상관없다.

모르겠다는 사람은 페이지를 넘기기 전에 다시 한번 생각해 줄 수 없을까.

어째서냐면 역사는 사고하는 학문이며, 그저 기억력을 겨루는 학문이 아니기 때문이다.

잘 보고.

잘 읽고.

잘 생각한다.

그렇게 함으로써 역사는 즐거운 학문이 된다.

그러면, 생각해 보자.

이대로는 기마 민족을 막아낼 수 없다고 판단한 리리엔텔리오나슈브라피슈카는 내측 방벽까지 퇴각할 시간을 어떻게 벌고자 했는가.


상대는 기마 민족이다.

기마 민족의 특성을 고려한—다기보다, 파고들었다고 해야 할까— 그 계책이란, 어떠한 것이었을까.


기마 민족이 처한 그때의 상황을 생각해 보자.

기마 민족은 기본적으로 약탈하는 민족이다.

어지럽히고, 빼앗아 떠나간다.

이번에도 예외는 아니다.

그렇다는 건.

리리가 몇 번이고 언급했듯이, 기마 민족은 원정을 위해 다량의 병참을 준비하지는 않는다.

그들이 장기간의 군사 행동을 하고자 한다면, 현지에서의 약탈 행위가 불가결한 것이다.

바로 그래서 사이파카르는 리리 쪽 인원들에게 명령하여 장대한 방벽을 만들게 했다.


방벽을 방패로 삼아 방어전을 펼치면—아니, 펼치는 태세를 보이면—5만 대군이라고 해도 기껏해야 정찰 부대고, 수중의 병참이 적은 이상 일찌감치 물러날 수밖에 없게 된다.

그것이 사이파카르의 예측이었다.

그런데 이번의 기마 민족은 집요하게 돌파를 노려 왔다.

정찰이 아니라 돌파가 목적인 건가 싶을 정도로 집요하고 격렬하게 공격해 왔다.

그전까지의 기마 민족에서는 볼 수 없었던 임기응변에 능한 전투 양상도 보였다.

전투의 경위는 사이파카르의 예측과는 다른 전개를 보여주고 있었다.

리리는 어려운 결단을 강요당했다.

끝까지 외측 방벽에 고집하면 아군에 커다란 피해를 낸 끝에 돌파당할 우려가 있다.

원군으로 부른 페리지아주 군단 2만이 커다란 손해를 내게 되면, 사이파카르의 전략은 크게 틀어지고 말 것이다.

리리는 황자의 전략 전부를 이해하고 있는 건 아니지만, 그 정도는 알 수 있다.

그렇다면 가능한 한 손해를 내지 않고 기마 민족을 저지하고, 격퇴해야만 한다.

리리는 외측 방벽을 포기하고 내측 방벽에서 새로운 방어전을 펼칠 것을 결단했다.

하지만 내측 방벽까지 퇴각할 시간을 어떻게 벌지가 어려운 문제였다.

상대는 기병.

방어측은 태반이 보병.

달리기 싸움이 되면 따라잡힌다.

퇴각하는 병사가 배후를 습격당하면 저항할 틈도 없이 목숨을 잃을 것이다.

2만이나 되는 군세가 내측 방벽까지 정연히 물러날 시간을 어떻게 벌 것인가.

그것이 리리에게 주어진 과제였다.


리리는 어떤 물건에 주목했다.

그걸 사용하면 기마 민족의 추격 속도를 늦출 수 있지

않을까 하고 생각했다.

그 어떤 물건이란.

기마 민족이 무시할 수 없는 것이다.

기본적으로 약탈하는 민족인 그들이 본능적으로 혹하고 마는 물건이다.

글자 그대로, 혹해서 미끼를 물고 마는 물건이다.

그것이 무엇인지는…… 이미 알 수 있을 것이다.

그러면 페이지를 넘겨 확인해 보도록 하자.

기마 민족의 움직임을 멈추기 위해 리리가 준비한 물건이란.

결과적으로 그녀의 이 기지가 알 아라 공방전의 귀추를 갈랐다.

전투에 승리한 것은 아니지만, 이곳에서의 전술 목표가 기마 민족 격퇴라면 리리 측은 훌륭하게 전술 목표를 달성한 것이다.

그건 동시에 사이파카르의 전략이 파탄 나지 않았다는 말이기도 하다.

나중에 돌이켜 생각해 보면, 사이파카르의 길고 힘든 싸움 길의 여정에는 그때의 그 싸움이 바로 커다란 분기점이라고 할 수 있는 장면이 몇 번이고 나타났다.

그리고 이 알 아라 전투도 그 커다란 분기점 중 하나였다는 것은 누구에게서도 이견이 나오지 않으리라고 생각한다.

바로 그래서 사이파카르는 무대 중앙으로 나아갈 수 있었던 것이다.


그러면, 확인해 보길 바란다.

페이지를 넘겨 보길 바란다.

리리가 준비한 물건이란.

그녀는 그걸 어떻게 사용하여 기마 민족의 움직임을 저지하였는가.

# 제1장
# 알 아라 공방전 3

# 1

"그걸 사용하자. 뭐, 사용한다기보다 버리는 거지만, 무사히 제2방벽까지 물러나려면 그것밖에 방법은 없다."

# 2

결단하고 나서의 리리의 움직임은 빨랐다.

에르미네와 부하 두 명을 데리고 진을 치고 있던 망루를 뛰어 내려가더니, 두르도르 장군이 있는 망루로 쏜살같이 곧장 달려갔다.

"장군!"

망루를 오른 리리가 작은 몸에 어울리지 않는 커다란 목소리로 부르자, 망루 위에서 전투 지휘를 하고 있던 두르도르 장군이 뒤돌아봤다.

물론 두르도르는 완전무장한 차림이다.

주위의 병사보다 화려한 갑옷과 투구로 몸을 감싸고 있는 데다, 키가 크니까 꽤 눈에 띈다.

"무슨 일이지, 리리?! 뭔가 문제라도 일어났나?!"

"문제투성이일세! 이제 이곳을 유지하는 건 불가능하네, 뒤쪽 방벽까지 물러나도록 하지!"

"으, 으으음."

장군은 우락부락하게 생긴 얼굴을 찌푸리고 낮게 신음

했다.

"확실히, 이대로는 돌파당할지도 모른다. 그리고 어딘가 한 곳이라도 돌파당하면, 녀석들의 침입을 막는 건 불가능해지겠지."

"그렇다네. 제방도 개미가 뚫은 구멍 하나로부터 무너진다고 하니 말이지."

장군은 부관에게 잠시 지휘를 맡기고는 리리가 있는 곳으로 뛰어 다가왔다.

"허나, 그걸로 괜찮은 건가?!"

험상궂은 얼굴로 다가온 두르도르를 향해 리리는 좋고 나쁘고 간에, 하고 말한 뒤 작게 어깨를 으쓱해 보였다.

"어설프게 힘냈다가는 수많은 병사를 잃을지도 모르는 일일세. 병사의 수는 적이 더 많아. 돌파당하면 부대별로 흩어져서 수비하고 있는 우리는 각개격파 당하고 마는 건 필연. 일단 퇴각해서 태세를 재정비해야 한다고 보네."

"알 아라 군단장인 그대가 그렇게 말한다면 우리로서는 어쩔 수 없지만, 허나 2만이나 되는 병사가 뒤쪽 방벽까지 무사히 물러날 수 있을지가 큰 문제라고. 우리가 방벽을 떠난 직후에 녀석들이 이곳을 넘어오면, 물러나는 상황에서 습격받게 된다. 그거야말로 수많은 병사를 잃게 되지 않겠나."

"그에 관해서는 내게 생각이 있다네."

"어떤 생각이지?!"

리리는 장군에게 몸을 가까이 대고는, 손을 입가에 대고 까치발로 섰다.

그걸로 그녀가 내밀한 이야기를 하려는 것임을 알아차린 장군이 무릎을 굽히고 허리를 낮추자, 리리는 발돋움한 채 장군의 귓가에 얼굴을 가까이 대고 무언가 빠른 어조로 속삭였다.

"뭐, 뭐라고?!"

장군은 놀란 나머지 얼굴을 찌푸리고 무릎과 허리를 편 뒤, 리리의 얼굴을 뚫어질세라 내려다봤다.

처음으로 군단장의 계책을 듣게 된 에르미네 이하 부하 두 명도 경악하여 얼굴을 찡그리고 있다.

"괘…… 괜찮은 거냐, 그런 짓을 해도?!"

두르도르 장군이 그렇게 묻자, 리리는 또다시 어깨를 작게 으쓱이고는 좋고 나쁘고 간에, 하고 말했다.

"이미 그것밖에 수단이 없다고 생각해서 말이지."

두르도르 장군은 팔짱을 끼고 낮게 신음했다.

"그대가 괜찮다고 한다면, 우리야 따르겠지만…… 허나 사이파카르 전하께서는 승낙하신 건가?"

"아니아니, 아무리 전하라도 여기까지 지시하지는 않으셨네."

"즉, 그대의 독단인가."

"그렇게 되지."

"괜찮은 건가? 나중에 문제가 되지 않겠나?"

"부장관 공이라면 눈초리를 치켜올리고 고함칠 것 같은 느낌은 들지만, 전하께서는 용서해 주실 것으로 생각한다네. 가령 만에 하나 전하께서도 노하신다 하더라도, 이는 내 독단이니 목이 날아가는 건 나 혼자일세. 장군이 책임을 추궁당할 일은 없으니 걱정하지 말게나."

"배려는 고맙지만, 허나…… 허나 정말로 괜찮은 게로군, 그걸로?!"

두르도르가 재차 확인하자, 리리는 크게 고개를 끄덕였다.

"병사의 희생을 최소한으로 억제하고, 또한 적을 물리치기 위해서는 이것밖에 방법은 없을 걸세."

"좋아, 알겠다. 뒤쪽 방벽까지 후퇴하도록 하지."

"그전에, 요새에서 대기하는 부대에 명령을 내려 둬야만 하네."

"오오, 그렇군."

"앞으로 4반시(1반시=현대의 한 시간) 정도는 이곳을 막아내고, 그사이에 **그것**을 준비시키겠네. 서둘러서 퇴각하기 위해 버려두고 간 것처럼 보이도록 그걸 포기한 뒤에, 전군을 합쳐 뒤쪽 방벽까지 달린다……는 걸로 괜찮겠나?"

"알겠다."

두르도르 장군은 즉시 부관과 간부를 불러모았다.

"그러면 나는 이쪽 병사들에게 지시를 전하고 오겠네. 준비가 갖추어지면 봉화를 올려 알리도록 함세. 그걸 신호로 철수를 개시하는 것으로.”

“전부 잘 알았다.”

“가자, 에르미네.”

리리는 부하에게 말을 건네고는 몸을 돌려, 뛰어내리는 듯한 기세로 망루를 달려 내려갔다.

### 3

자신이 맡은 망루로 달려 돌아가는 도중에 리리는 주변에서 대기하던 전령 기병을 망루 바로 아래에 모았다.

“잘 들어라, 지금부터 중요한 명령을 지시할 것이다. 그대들은 각 요새로 달려가 대기하고 있는 병사들에게 이 명령을 전하라. 하지만 전하는 것만으로는 안 된다. 한시라도 빨리 행동에 옮기도록 독촉해라. 병사들이 명령을 실행하는 것을 확인하고 나면 돌아와라. 알겠나?!”

“옙!”

“질문은 금지다. 알겠나?!”

“옙!”

“그러면 명령을 내리겠다. 요새에서 대기하는 병사는 요새에 모은 병참을 창고에서 꺼내 요새 안의 공터에 쌓아둬라. 그리고 그중 일부는 요새 바깥에 내놓아라. 쌓는 방식은 아무렇게나 해도 상관없다. 그때, 짐수레도 같이 그곳에 놔둬라. 이상이다.”

소집된 전령병은 다들 멍한 표정으로 리리를 보고 있다.

"저, 저기, 리리엔텔 님……."

"질문은 금지라고 말했을 터이다만?"

리리가 노려보자, 입을 열려던 병사는 기가 죽은 것처럼 고개를 뒤로 빼고 입을 닫았다.

"복창은 어떻게 된 거냐?!"

리리의 새된 목소리가 울려 퍼졌고, 전령병들은 벼락에 맞은 것처럼 몸서리쳤다.

"요, 요새에 모은 병참을 창고에서 꺼내 요새 안의 공터에 쌓아둘 것. 그리고 일부는 요새 바깥에 내놓을 것. 쌓는 방식은 아무렇게나 해도 상관없음. 그때, 짐수레도 같이 그곳에 놓아둘 것. 이상의 명령을 요새에서 대기하고 있는 병사들에게 전하겠습니다. 전달한 뒤, 한시라도 빨리 행동에 옮기도록 병사들을 독촉하겠습니다."

"좋아, 서둘러라! 명령의 의도를 물어봐도 대답할 필요는 없다. 여하튼 서둘러서 실행에 옮기게 해라!"

"옙!!"

전령병은 리리에게 쫓기다시피 서둘러서 말에 올라탔다.

리리가 부군단장 슈메이르가 대기하고 있는 망루를 향해 달리기 시작했기에, 에르미네 이하 부하들도 황급히 그녀의 뒤를 쫓아 달렸다.

## 4

"무슨 일입니까, 군단장님? 뭔가 긴급한 사태가?"

망루에 올라온 군단장을 확인하고, 활을 쏘는 손을 멈춘 슈메이르가 뛰어서 다가왔다.

"이곳의 해자는 머잖아 메워져 버리겠지."

리리의 그 말에 슈메이르는 떨떠름한 표정으로 고개를 끄덕였다.

"그렇지요. 설마 녀석들이 돌을 던져서 해자를 메우려 하다니, 깜짝 놀랐습니다."

"해자가 메워지면 방벽을 넘어올 위험이 커진다. 아니, 언젠가는 넘고 말겠지. 그렇게 되면 방벽 수비를 맡고 있던 부대가 전멸할지도 몰라."

슈메이르의 표정이 점점 떫어졌다.

'리리가 일부러 그 말을 하러 왔다는 건……'

"우리는 이곳을 버리고 물러나는 겁니까?"

'역시나 슈메이르, 이해가 빠르군.'

"그렇다. 전하의 전략을 성취하기 위해서는 여기서 큰 희생을 낼 수는 없는 노릇이니까 말이지."

"하지만."

리리의 말은 지당하다고 생각하면서도, 슈메이르는 그 저 물러나기만 해서는 역시 큰 희생이 나오지 않을까 하고 생각하였기에 그 부분을 캐물어 봤다.

"우리가 이 방벽 수비를 포기하면, 그때야말로 녀석들은 곧바로 넘어오지 않겠습니까? 운반할 수 있는 정도의 판자라면 해자를 건너기 위해 준비하였을 텐데요? 그걸 해자 너머에서 방벽 위로 비스듬하게 걸치면 말로 간단히 넘을 수 있습니다. 해자를 메울 필요조차 없게 됩니다."

"그렇겠지."

"그래서는 내측 방벽으로 물러날 시간적인 여유가 없는 것 아닙니까? 물러나는 도중에 배후를 습격당하면, 그거야말로 커다란 희생이 나옵니다. 아니, 오히려 그래서는 내측 방벽까지 돌파당할 우려가……."

"뭐, 기다려 봐라."

리리의 표정이나 태도에 의외로 여유가 있는 걸 알아차린 슈메이르에겐 느낌이 팍 왔다.

'뭔가 생각이 있는 거군, 군단장은.'

그걸로 슈메이르도 조금 침착함을 되찾았다.

"군단장님의 계책은 어떤 것입니까?"

'음음, 이 녀석도 요우코도 이해가 빨라서 좋군. 여기다 두 사람 모두 조금만 더 붙임성이 좋았다면 더욱 출세할 수 있었을 텐데 말이야.'

그렇게 생각은 했지만, 붙임성이 좋아도 너무 방약무인해서 좌천당하고 만 자신 같은 전례가 있기에 그 이상의 언급은 그만두자고 생각한 리리였다.

"그건 말이다, 요새의 병참을 미끼로 녀석들의 발을 묶는다는 계책이다.”

슈메이르는 경악한 나머지 눈을 크게 떴다.

“뭣?!”

“모아 둔 병참을 그 주변에 내던져 두면, 녀석들은 그걸 모으러 달려들겠지? 여하간 수중에 잇는 병참이 적으니까 말이야.”

리리의 말에 슈메이르는 간담이 서늘해졌다.

‘그런 짓을…… 아니, 가만? 이건 의외로 합리적일지도 모르겠어.’

방벽을 넘어 몰려온 기마 민족이 공격하고자 요새로 향했을 때, 요새 밖에 쌓인 상자나 포대를 보면 안을 확인하지 않을 수 없을 것이다.

그리고 내용물이 병참이라는 것을 알게 되면.

틀림없이 모으러 달려들 것이다.

그리고 사람이 없는 요새로 들어간다.

거기에는 한층 더 많은 양의 상자나 포대가 쌓여 있는 것이다.

‘녀석들은 몹시 기뻐하면서 병참 확보에 열중하겠지. 그렇게 되면 추격해 오지 않는다. 우리가 안쪽 방벽에 달려들어가 방어 태세를 갖출 만한 시간적 여유는 생긴다. 문제는.’

슈메이르는 안쓰러운 얼굴로 리리에게 물었다.

“그 계책, 확실히 기마 민족 상대로는 유효할 거라고 생각합니다만…… 자넷티 님은 괜찮겠습니까?"

리리는 선뜻 고개를 가로저었다.

"아니. 괜찮지 않을 게야."

"역시 화내시겠지요."

"그냥 화낸다기보다, 격노하겠지. 넋을 잃고 날 때리러 덤벼들지도 모르겠어."

슈메이르는 좋지 않은 상상에 몸을 부르르 떨었다.

"당신이 반격해서 때리면, 그 사람은 죽고 맙니다만?"

"하하핫, 걱정하지 마라. 맞서 때리거나 하지는 않을 거다."

"정말입니까?"

"이번에는 사태가 사태이니 말이지. 그만한 병참을 모으는 데 돈이 얼마나 드는지, 나도 알고 있어. 그러니 얌전히 맞아 줘도 괜찮다고 생각한다네."

슈메이르는 안도의 숨을 내쉬었다.

"그렇다면, 괜찮습니다만."

"나도 이제 어른이니까 말이야. 그 정도의 분별은 할 수 있어."

'상관을 후려친 탓에 동변경주로 좌천되었다는 과거에서 그녀도 반성하고 배웠다……는 것인가.'

"뭔가 하고 싶은 말이라도 있는 게냐?"

슈메이르는 고개를 휙휙 도리질했다.

"아뇨, 아무것도."

"뭐, 자넷티가 때리는 정도로는 기분이 풀리지 않는다고 말한다면, 내 젖과 엉덩이를 주무르게 해 줘도 된다고까지 생각하고 있다. 그거라면 부장관 나리도 분노를 가라앉히지 않겠나?"

'으, 으으음~?!'

그건 어떨까 하는 의문이 슈메이르의 마음속에서 솟아났다.

'군단장의 있는지 없는지 알 수 없는 엉덩이나 가슴을 주무른다고 자넷티 님이 기뻐할 거라고도 생각되지 않는다만.'

"뭔가 하고 싶은 말이라도 있는 게냐?"

"아니요. 아무것도, 티끌만큼도, 손톱만큼도 없습니다만."

"그러한가?"

"그러합니다."

"부장관 나리가 내 것만으로는 부족하다고 말한다면, 에르미네의 젖과 엉덩이도 주무르게 해줘도 좋다만."

에르미네가 깜짝 놀란 얼굴로 걸고넘어졌다.

"좋지는 않습니다만?!"

"뭣이라!? 군단장인 내가 구태여 젖과 엉덩이를 내밀겠다고 하는데, 너는 거부하겠다는 게냐?"

"에…… 에엑……."

리리의 억지에는 익숙한 에르미네도, 역시나 매우 떨떠름한 표정이다.

"너는 옷 위에서가 아니라 직접 주무르게 할 게다?"

당장이라도 울음을 터뜨릴 것만 같은 에르미네를 보다 못한 슈메이르는 그녀에게 구원의 손길을 내밀었다.

"자자, 군단장님. 자넷티 님은 그래 보여도 의외로 애처가이니 군단장이나 에르미네의 가슴과 엉덩이가 아무리 매력적이라고 해도 만지려 하지는 않을 것이라고 생각합니다만?"

"그랬지. 그보다 그 녀석은 애처가라기보다 공처가라고 해야 할 게야. 내 젖이나 엉덩이를 주무를 수 있는 기회는 두 번 다시 찾아오지 않을 것인데 말이지. 정말로 간덩이가 작은 남자야. 아니, 이 경우엔 간덩이뿐만 아니라 불알도 작다고 해야 하려나?"

"아뇨, 그건 모르겠습니다만. 그것보다도."

슈메이르는 슬슬 본론으로 돌아가지 않으면 곤란하다는 걸 깨달았다.

사태는 촌각을 다투는 것이다.

리리나 에르미네의 가슴과 엉덩이를 부장관이 주무를지 어떨지를, 혹은 부장관의 간덩이나 불알이 작은지 어떤지를 논하고 있을 상황이 아니었다.

"군단장님의 계책을 한시라도 빨리 실행에 옮겨야 합니다!"

"이미 전령을 요새에 보내 놨다. 지금쯤 병사들은 기를 쓰고 병참을 내놓고 있을 테지."

슈메이르는 또다시 안도의 숨을 내쉬었다.

"그 말을 듣고 안심했습니다."

"요새 쪽은 그걸로 됐지만 말이다. 문제는 방벽 수비에 임하고 있는 병사들이 잘 도망칠 수 있을지 어떨지야."

금세 슈메이르가 긴장한 표정을 지었다.

"예. 그래서, 계획은 어떻게?"

"4반시만 막아내고, 그 후에 서서히 병사를 빼서 물러나게 하지. 나는 장궁대를 이끌고 마지막까지 버티겠다. 그대에게도 후방에서 적의 발목을 묶는 역할을 부탁하고 싶군."

슈메이르는 처음으로 대담한 미소를 띠었다.

"맡겨 주십시오."

"활 실력에 자신이 있는 자를 선별해 주게. 그 녀석들이 마지막까지 성벽을 지키는 부대가 된다. 도망칠 때는 쏜살같이 달려야만 하니까, 활 실력이 좋을 뿐만 아니라 달리기에도 자신이 있는 자가 좋겠군."

"알겠습니다."

"지금의 지시는 다른 장소의 부하들에게도 철저히 주지시켜 주도록."

"그것도 잘 알겠습니다."

"그러면 나는 내가 맡은 곳으로 돌아가지. 부탁하마."

"군단장님도 조심하시기를."

리리는 씨익 웃으며 대답했다.

"서로 무사히 뒤쪽 방벽에서 만날 수 있다면 좋겠군."

"그러게 말입니다."

작게 고개를 끄덕인 리리는 몸을 돌려 망루를 뛰어 내려갔다.

그 뒷모습을 지켜본 슈메이르는 다시금 그녀의 능력에 감탄했다.

'전투력도 높고, 지휘관으로서도 우수하며 거기다 머리도 비상하다. 저 거만한 태도만 아니었다면 중앙에서 출세하였을 인재였을 텐데. 아깝군.'

거기서 거기인 인물평이기는 했다.

애초에 동변경주에는 어딘가에 문제를 품고 있는 인재가 모여 있는 곳이라, 리리나 슈메이르가 특별한 건 아니다.

'그 필두는 사이파카르 전하…… 일지도 모르겠군. 하기야 그분의 경우엔 입장 자체가 커다란 문제일 뿐 인격적으로는 그다지 문제가 없어 보이지만.'

그렇지만 자신도 그중 한 명이라고 생각하면 타인에 대해 왈가왈부하고 있을 때는 아니다.

슈메이르는 재빠르게 의식을 전환하기로 했다.

'우선은 병사를 후방으로 후퇴 시켜야 하지만, 한꺼번에 병력을 빼면 적이 눈치챌 우려가 있다. 그렇게 되면 적은 단숨에 돌진해 올 테니 후방 저지 부대가 포위되어 전멸할지도 모른다. 조금씩 병력을 빼서 이쪽이 방벽을 버리고 후방으로 물러나는 것을 가급적 들키지 않도록 해야만 한다. 하지만 느긋하게 시간을 들이고 있다가는 적이 방벽을

넘어올지도 모르는 노릇이니. 젠장, 안배가 어렵군.'

이곳에서의 희생을 최소한으로 억누르는 것은 사이파카르가 세운 전략의 필수 조건이라고 생각된다.

슈메이르는 사이파카르가 어떠한 그림을 그리고 있는지 알 수 없지만, 적어도 그가 이곳에 모은 병사를 이후에 자신의 수하 군세로서 운용하고자 한다는 것은 명백하다.

알 아라 군단병은 1천밖에 없으니 만에 하나 전멸한다고 하더라도 뼈아프기야 뼈아프지만, 돌이킬 수 없을 정도로 치명적인 건 아니다.

하지만 페리지아주 군단 2만이 괴멸하면, 아마도 사이파카르의 전략은 근본부터 뒤집히고 말 것이리라.

'그것만은 어떻게 해서라도 피해야만 한다. 애초에 우리 군단도 여기서 전멸할 생각 따위 조금도 없지만 말이지.'

슈메이르는 대담한 미소를 띤 채 주변에 있는 부하를 모아 잇따라 지시를 보냈다.


5


리리는 슈메이르가 대기하던 망루에서 잰걸음으로 돌아오며 에르미네에게 말했다.

"그런 이유이니, 그대도 마지막까지 활을 쏴 줘야겠다."

"네, 물론 함께하겠습니다. 하지만. 그건 그렇다 치더라도 병참을 미끼로 사용하다니, 제법 과감한 결단이시군요."

"홍, 최후의 수단이라는 게다. 혹은 궁여지책인가? 어느 쪽이건 녀석들이 심상치 않은 수단을 써서 공격해 왔으니, 이쪽도 심상치 않은 수단으로 대항할 수밖에 없지 않으냐."

"자넷티 님은 진심으로 화내실 것 같네요."

에르미네의 그 말에 리리는 크크큭, 하고 웃었다.

"녀석이 진심으로 화낸다면, 이쪽도 진심으로 젖과 엉덩이를 내밀어야 하겠구만."

"좀 봐주시기를. 무엇보다도 전 리리엔텔 님의 책략에는 요만큼도 관여하지 않았습니다만."

"그건 그 뭐냐, 연대책임이라는 거잖냐?"

"그러니까요. 아무런 관련도 없는데 연대도 뭣도 없다고 생각합니다만!"

"주무르게 해주는 것뿐이다. 핥거나 빨게 하지는 않을 테니 안심하거라."

에르미네가 눈을 희번덕거렸다.

"그것의 어디에 안심할 수 있는 요소가?!"

"뭐, 주무르게 해주는 게 도저히 싫다고 한다면야, 그렇군, 알몸으로 무릎 꿇고 엎드려 빌기라도 하겠느냐? 미녀 두 명이 알몸으로 엎드려 빌면 부장관 나리가 아무리 노발대발했다 하더라도 용서해 주지 않겠나?"

이번에는 에르미네가 질렸다는 표정을 지었다.

"그거, 주무르게 하는 것과 그다지 큰 차이도 없지요? 아니, 그보다 끝까지 저를 같이 끌어들이시려는 겁니까?"

"그대와 나는 일심동체 아닌가?"

"저는 언제 리리엔텔 님과 일심동체가 된 건가요?!"

망루 사다리 밑까지 오자, 리리는 에르미네의 배를 툭툭 쳤다.

"뒷일은 뒷일이야. 지금은 병사의 희생을 줄이고 적을 격퇴하는 걸 생각해야 한다. 부탁하마, 에르미네."

"아, 네, 그건 알고 있습니다."

"그러면 우선은 부하에게 명령해서 방벽 수비에 임하는 병사를 단계적으로 물려라. 그래, 중대 단위가 좋겠군. 방벽 후방에서 대기하는 예비대를 후퇴시키고, 그게 끝나면 발판에 올라 활을 쏘는 부대를 내리고 후퇴시키는 게다. 되풀이하지만, 조금씩, 단계적으로다. 한꺼번에 빼면 적이 눈치챌지도 모르니까 말이야."

"잘 알겠습니다."

"준비를 끝내면 돌아와라. 나와 그대가 있으면 일단 이 망루는 어떻게든 되겠지."

"네."

"좋아, 가도록."

"철수 준비를 끝내고 오겠습니다."

경례한 에르미네는 뒤로 돌아서, 대기하던 자신의 부하를 데리고 달려나갔다.

리리는 자 그럼, 하고 말한 뒤 망루를 올려다봤다.

"과연 잘 풀릴지 어떨지. 아니."

리리는 엄한 표정을 짓고 사다리에 손을 뻗었다.

"어떻게 해서든 잘 풀리게 만들어야 한다. 그렇지 않으면 사이파카르 전하의 전략이 근본부터 무너지고 만다."

리리는 가벼운 몸놀림으로 사다리를 뛰어 올라갔다.

6

밀어닥치는 기마 민족이 빈 해자에 던져 넣는 돌의 수가 늘어나고 있다.

그 이유는 방어 측으로부터 날아오는 화살 수가 줄어들었기 때문이다.

기마 민족의 대장들은 그것이 의미하는 바를 알아차렸다.

"적의 반격이 뜸해지고 있는 장소가 있다고?"

"혹시 희생자가 늘어나고 있는 건가?"

하지만 자신들이 그렇게까지 격렬한 공격을 가했다는 자각은 없다.

공격하기보다 빈 해자를 메우는 데 정신을 기울이고 있었기 때문이다.

적으로부터의 반격이 뜸해진 이유는 알 수 없지만, 어느 쪽이건 이건 호기라고 그들은 생각했다.

'지금이야말로 공격 인원을 늘려서 단숨에 해자를 메워야만 한다.'

그것이 제1진 선봉을 맡은 부대장이 내린 결단이었다.

공격 측 역시 지금까지 완강하게 저항했던 수비병이 아직 한 군데도 방벽이 돌파당하지 않은 이 단계에서 방벽을 버리고 후퇴하려 하고 있다고는 생각하지 못했다.

고개의 요새가 비어 있던 것을 봤을 때는 어쩌면 황제가 죽었다는 소문은 진짜고, 그 영향으로 제국의 기둥이 흔들리고 있는 것 아닐까? 약해진 것 아닐까? 하고 의심했던 간부들이었으나, 알 아라 직전에서 완강한 저항을 받고 그 생각을 고쳤다.

역시 제국은 약해지지 않았다.

그러기는커녕, 마치 자신들이 공격해 오리라는 것을 예상하였던 것처럼 장대한 방벽과 해자를 만들어 기다리고 있었다.

기마 민족도 제국의 내정은 신경 쓰이니까, 고원과 제국령을 오가는 상인들로부터 제국 내의 상황을 듣거나 하고 있었다.

하지만 얼마 전에 통과한 상인들에게서 이야기를 들었을 때, 그들은 알 아라 바로 앞에 이런 방어 시설이 있다고는 말하지 않았다.

그렇다는 건, 이 방벽과 해자들은 단시일 사이에 만들어진 것이니까 제국이 자신들에게 조금도 방심하고 있지 않다는 것을 나타내는 재료였다.

본래라면 그것을 확인한 시점에서 물러나도 괜찮았겠지

만, 제1진 지휘관은 족장으로부터

'한 번은 제국 영내에 침입하라.'

라는 명령을 받았다.

고개를 넘긴 했지만 방벽과 해자를 앞에 두고 되돌아와 서야, 제국 영내에 침입한 것이 되지 않는다.

제1진 5만을 이끄는 지휘관으로서는 어떻게든 침입해 보일 필요가 있었다.

그렇지만 장대한 방벽과 해자를 향해 무턱대고 돌격하는 것은 쓸데없이 희생을 늘릴 뿐이라고 생각됐다.

실제로 시도해 봤지만, 예상대로 선봉의 희생이 큰 것에 비해 적에게는 별 대단한 손해를 끼치지 못했다.

그래서 전투 보고를 받은 지휘관은 지혜를 짜내, 돌을 던져 넣어 빈 해자를 메운다는 수단을 취하기에 이르른 것이다.

부대 하나라도 방벽을 넘을 수 있다면, 설령 그 부대가 방벽 너머에서 전멸하였다고 하더라도 침입한 것은 된다.

그리고 침입 부대가 전멸하였다는 건, 병사를 물릴 이유도 된다.

제1진 부대장으로서는 족장의 명령을 실행하지 않을 수는 없는 노릇이지만, 그다지 병사의 희생을 늘리고 싶지는 않았다.

어째서냐면, 선봉 5만 중 과반은 그의 부족으로 구성되어 있기 때문이다.

기마 민족은 기본적으로 부족 연합이자, 각 부족(지족)이 모여 하나의 커다란 집단을 만든다.

그들 각 부족의 족장(지족장) 위에 서서, 모인 부족을 통솔하는 것이 총족장이나 대족장이라 불리는 존재였다.

롬니에우스 1세에 의해 뼈아픈 패전을 당한 기마 민족은 대족장을 잃고, 각 부족별로 나누어져 서로 싸우게 되었다.

최근이 되어 몇 개의 부족을 통솔한 대족장이 출현하고, 예전처럼 한데 뭉치자는 기운이 민족 전체에 나오기 시작한 참이었다.

선봉 부대 5만의 지휘관 콴간도 최근 들어 급속히 세력을 뻗치고 있는 키쉬리 산하에 들어간 참이었다.

키쉬리는 콴간에게 '5만을 이끌고 제국 영내에 침입하라'라고 명했다.

신참에게 선봉을 명하는 것은 당연하기에 선봉을 명령받아도 콴간에게 불만은 없었다.

콴간은 자기 일족의 지족장인 칸젠가에게 제1진을 맡도록 명했다.

칸젠가는 용맹과감하기로 명성을 떨치는 남자로, 콴간은 그가 맨 앞에 서는 데 어울린다고 판단한 것이다.

가장 앞장서서 돌격하게 되면, 부대에 큰 희생이 나올지도 모른다.

하지만 칸젠가는 두말없이 받아들였다.

만약 침입에 성공하면 적진에 가장 먼저 입성했다는 영예를 얻을 수 있다.

일족의 이름은 드높아지고 동족 내에서, 또한 부족 연합 내에서도 발언권이 늘어난다.

적진에 가장 먼저 들어가면 마음껏 약탈할 수 있으니 커다란 실리를 얻을 수도 있다.

그래서 칸젠가는 용기 있게 부하 병사들을 이끌고 앞장섰지만, 이대로는 적에게 격퇴당한 나약한 놈으로서 조소당할 뿐이다.

발언권이 늘어나기는커녕, 아무도 그가 하는 말에 귀를 기울이지 않게 되리라.

일족의 전투원이 줄어들면 부족 연합 내에서만이 아니라 동족 내에서의 지위도 낮아지고 만다.

제1진을 맡은 이상, 그 나름의 전과를 내야만 한다.

칸젠가로서도 지금 물러날 수 없다는 절실한 이유가 있었다.


맞으면 즉사, 운이 좋아도 치명상이라는 위력인 데다 사정거리가 긴 적의 장궁은 여전히 성가신 존재였지만, 통상적인 활 공격은 뜸해지기 시작했기에 아군의 희생은 줄어들었다.

지금이 밀어붙일 때라고 생각한 칸젠가가 부하 기병을

질타하며 돌아다니고 있었더니, 이윽고 날아오는 화살이
딱 멎었다.

7

아군 기병의 모든 이가 아연한 얼굴로 자신들 앞을 가로
막고 서 있는 방벽을 바라보고 있다.
돌멩이를 바구니에 넣어 돌격한 기병조차 자기도 모르
게 말을 세우고 말 정도로, 그건 갑작스러운 일이었다.
칸젠가도 의심에 찬 눈으로 방벽을 바라봤다.
처음으로 생각한 것은, 제국 병사의 특기인 기만이 아닐
까? 하는 것이었다.
화살이 날아오지 않게 된 데 얼씨구나 싶어 어슬렁어슬
렁 가까이 다가갔을 때 일제사격으로 저격한다.
칸젠가는 그렇게 생각한 것이다.
'그렇다면, 어슬렁어슬렁 다가가지 않으면 된다.'
해자는 이제 거의 다 메워져 간다.
조금만 더 돌을 던져 넣으면 해자를 메우고도 돌은 더한
층 쌓여 방벽 높이는 실질적으로 반감될 터였다.
그렇게 되면 넘어갈 수 있게 된다.
하여간 저쪽 편에 기병을 보내 가장 먼저 쳐들어갔다는
전과가 필요한 칸젠가는 신경 쓰지 말고 돌멩이 투척을 계
속하도록 명령을 내렸다.

만약 적이 일제사격을 꾀하고 있다고 하더라도, 지금까지와 마찬가지로 돌을 던져 넣고 있으면 희생되는 수도 여태까지와 다를 바 없다.

대손해라고 할 정도의 희생은 나오지 않을 터다.

그렇기는 해도 지금까지 꽤 많은 수의 희생자를 냈지만, 바로 그래서 칸젠가는 전과가 필요했다.

희생만을 내고 아무것도 얻지 못한 채 물러나는 것만큼은 피하고 싶었다.

그의 질타에 답하여, 부하 기병은 다시금 해자를 향해 달리기 시작했다.

빈 해자는 완전히 메워지고, 넘쳐난 돌이 방벽 바로 앞에 쌓여 갔다.

그래도 적에게서의 반격은 없는 채였다.

반격이 없어졌는데도 지금까지와 마찬가지로 돌을 던져 넣은 것이 방어 측에 시간적 여유를 주었다.

가령 화살이 멎은 직후에 칸젠가가 총 돌입을 명했다면, 리리를 비롯한 후퇴 지원 부대는 미처 철수하지 못했을지도 모른다.

병참을 요새 창고에서 내놓아 쌓아 둔다는 잔꾀를 부릴 시간이 없었을지도 모른다.

하지만 롬니에우스 1세에게 뼈아픈 꼴을 당한 기마 민족은 제국 병사의 함정이 아닐까 하고 의심했다.

그것이 리리가 세운 계책의 성부(成否)를 가르는 근소한 시간을 만들어 낸 것이었다.


   8


"디딤판을 가지고 와라."

칸젠가는 부하에게 그렇게 명령했다.

당초에는 알 아라를 공격하게 될지도 모른다고 생각했기에, 공성 병기는 없어도 사다리만큼은 다수 가지고 온 상태였다.

빈 해자와 방벽을 넘어야만 한다는 것을 알게 되었을 때, 그는 사다리 두 개를 옆으로 나란히 연결하고, 거기다 판자를 덧대어 즉석 다리를 만들게끔 해 뒀다.

돌을 쌓아 해자를 메운 뒤, 방벽을 넘은 돌입 부대가 그 부근을 제압하면 곧바로 그 디딤판을 방벽에 걸쳐 세우고 후속 부대는 그걸 건너 넘어간다는 작전이었다.

하지만 칸젠가는 적에게서 화살이 날아오지 않는다면, 지금 바로 디딤판을 걸칠 수 있지 않을까 하고 본 것이다.

기병 네 명이 횡으로 놓은 디딤판을 들고 말을 몰아 방벽에 가까이 다가갔다.

만약 화살이 날아와도 디딤판이 화살을 막는 방패 대신이 될 테니 화살이 기병에 명중할 가능성은 낮다.

그렇기는 해도, 이쪽의 말을 노린다면 잠시도 버틸 수 없다.

방벽 위에서 적이 저격하려는 것을 방해하기 위해 활과 방패를 거머쥔 기병 집단이 뒤따라갔다.

칸젠가 이하 간부나 병사가 숨을 죽이고 바라보고 있자.

디딤판을 든 기병은 아무런 저항이나 반격도 받지 않은 채 쉽사리 해자 앞까지 도달했다.

그들은 서둘러 말에서 내려 해자 앞에 디딤판을 똑바로 세우고, 그걸 방벽 쪽으로 쓰러뜨렸다.

이 순간이 무방비해지기에, 화살로 저격해 오면 피할 도리가 없다.

말에서 내린 상태이기에 도망칠 수도 없다.

기마 민족에게 대지는 말을 타고 달리는 곳이지, 두 다리로 걷는 장소가 아닌 것이다.

작업을 진행하는 병사들은 불안함에 손이 떨리고, 공포로 다리가 움츠러들었다.

하지만 화살은 날아오지 않았다.

디딤판 끝부분이 방벽에 얹혔다.

지상에서 방벽 위에 이르는 다리가 비스듬하게 걸렸다.

'이 순간에 적이 어떻게 나올 것인가.'

평범하게 생각하면 디딤판을 떼어내려 할 것이다.

성벽 위에 얹혀 있는 디딤판 끝을 들어 올려 내던진다.

혹은 도끼나 무언가로 디딤판 끝을 때려 부순다.

이대로는 기병의 돌입을 허락하게 되니까, 방어 측으로서는 그렇게 할 수밖에 없다.

하지만 방어 측 병사는 누구 한 명 모습을 드러내지 않았다.

디딤판은 비스듬하게 걸린 채다.

여전히 화살은 날아오지 않고 있다.

"저 뒤를 따라라! 두 개, 세 개 계속해서 디딤판을 걸치는 거다!"

"다른 디딤판을 건너편에 걸쳐라! 그걸로 저쪽까지 말이 달려갈 수 있다!"

"키린가와 카가림 부대는 다리를 넘어라! 건너편에 내려가면 주변 일대를 제압하라!"

"녀석들은 저항을 포기했다! 지금이 호기다! 가장 먼저 쳐들어가는 명예를 원한다면 용기를 내라!"

"방벽을 넘어가면 닥치는 대로 죽여라! 죽이고 빼앗아라! 원하는 만큼 빼앗아라아아!!"

칸젠가와 간부의 절규가 주변에 울려 퍼지고, 기병들은 떨쳐 일어났다.

방벽에 닿는 디딤판이 늘어난다.

말에서 내려 디딤판을 오른 병사가 운반한 디딤판을 성벽 건너편을 향해 내렸다.

화살이 한 발도 날아오지 않기에 유유히 작업을 진행할

수 있다.

비스듬하게 가로놓인 디딤판을 밟고 기병이 잇따라 방벽을 넘어갔다.

반대편── 방벽 안쪽으로 디딤판을 뛰어 내려간 기병이 본 것은.

아득한 전방에 좌우로 뻗어 있는 또 하나의 방벽과, 수비병이 한 명도 없는 무인의 황무지였다.

칸젠가는 의외의 보고에 고개를 갸웃했지만, 지금은 생각하고 있을 상황이 아니었다.

그는 자신도 방벽 너머로 넘어가기로 결단했다.

수비병이 없다면 넘어가는 것 자체는 식은 죽 먹기다.

오히려 건너편에 무언가 함정이 설치되어 있는 쪽이 더 무섭다.

예를 들어.

'돌입한 부하들이 적이 판 함정 구덩이에 빠진다든가, 말이지.'

적 병사의 모습이 사라진 것은 자신들을 유인하기 위한 함정일 가능성이 높다고 봐야만 하리라.

롬니에우스 1세의 원정군과 싸운 경험이 있는 칸젠가와 그의 일당은 제국 측이 준비한 책략에 몇 번이고 호된 꼴을 당했다.

이번에도 그가 그걸 걱정한 것은 당연하다.

칸젠가는 심복 부하를 데리고 서둘러 방벽을 넘었다.

## 9

방벽 안쪽에 내려서 보니, 확실히 적 병사는 어디에도 보이지 않았고 대형 투석기 몇 대가 부서져 방치된 채였다.

기마 민족에게 이용당하는 것을 꺼려 자신들이 부수어 놔두고 간 것이리라.

방벽을 포기한 것치고는 적의 희생이 적은 것도 신경 쓰이는 점이다.

버티지 못하고 후퇴한 것이라면 이곳저곳에 죽은 제국 병사가 나뒹굴고 있어야만 하겠지만, 적어도 방벽을 넘어간 지점 주위에는 전사한 제국 병사의 모습은 보이지 않았다.

'희생자가 단 한 명도 나오지 않았다는 건가? 아니, 아무리 그래도 그럴 리는 없을 것이다. 그렇다는 건, 녀석들은 이곳에서 후퇴할 때 희생자의 유해도 운반하여 물러났다는 말이 된다. 그만한 여유가 있으면서도 이 방벽을 버렸다? 그렇게 되면, 더더욱 무언가 함정이 설치되어 있다고 의심해야 하겠군.'

고개를 든 칸젠가는 저편에 보이는 두 번째 방벽을 내다봤다.

'저쪽 건 지금 넘은 방벽보다 낮군. 해자도 없다. 그야말로 쳐들어오라고 말하고 있는 것만 같은 만듦새 아닌가.'

두 번째 방벽에 관해서는 제국 측에 높이를 높이고 해자를 팔 만큼의 시간적 여유가 없었다는 것이 진상이지만, 칸젠가의 눈에는 마치 자신들을 꾀고 있는 것처럼 보였다.

'섣불리 돌진해서는 안 된다.'

그것이 칸젠가가 낸 결론이었다.

그는 방벽을 넘은 부하 기병들 중에서 주된 자를 불러모아 주위를 탐색하게 했다.

우선은 한 부대를 저쪽 방벽 바로 앞까지 보내 적의 상황을 살피게 했다.

다른 몇 부대는 이곳과 저편 방벽 사이에 있는 요새로 향하게 했다.

'설마 요새에 틀어박혀 항전하겠다는 것도 아닐진대. 저 정도의 요새라면 본대를 부르지 않아도 내 기병만으로 짓밟을 수 있다.'

그렇게 생각은 했지만, 어딘가에 함정이 설치되어 있으면 곤란하기에 일단 요새 근처까지 신중하게 나아가 안쪽의 상태를 살피라고 명령해 두었다.

그러고 나서 칸젠가는 디딤판 중 두 개를 사용 중지시켰다.

지금도 기병은 디딤판을 전부 사용하여 바깥쪽에서 안으로 계속해서 넘어온다.

반대로 말하면 안에서 바깥으로 돌아갈 수 없는 상태다.

무슨 일이 있었을 때 전령을 보내려 해도 디딤판을 쓸 수 없다.

그 상황을 개선하고자 그는 디딤판 두 개로 건너오는 기병을 제지시키고, 다른 디딤판을 사용하여 후속 부대를 건너오게 한 것이다.

칸젠가는 너무 신중한 건가? 하고도 생각했지만, 주위의 이상한 상황을 보면 그가 신중해지는 것도 무리는 아니었다.

제국 측이 어떻게 나올지는 여러 가지로 검토했지만, 이러한 사태는 상정 외였다.

그 절차만을 끝내고, 그는 정찰 보낸 부하로부터 보고를 기다렸다.

여기서 보는 한으로는 안쪽 방벽에 가까이 다가간 부대에 대한 공격은 없었고, 적어도 그들이 나아간 경로상에는 함정 구덩이가 파여 있지도 않았다.

칸젠가가 속이 바짝바짝 타들어 가는 듯한 마음으로 기다리고 있자―이미 주위는 아군 기병으로 넘쳐나 있었다―요새를 조사하러 보낸 부대로부터 전령이 달려 돌아왔다.


"어땠느냐?!"

"예에, 그것이."

보고하는 기병은 당혹스러워하는 표정이었다.

기마 민족 병사에게는 명확한 계급이 존재하지 않기에, 족장을 대하는 태도나 말씨도 가까운 연장자를 대하는 것과 그다지 차이가 없다.

"요새 안은 텅 비어 있었습니다."

"적 병사는 없었나?"

"예에, 한 명도. 그 대신, 병참이 산더미처럼 쌓여 있었습니다."

"뭐라?! 그게 어떻게 된 거냐?"

"아뇨, 어떻게 되고 자시고도 없이 요새 바깥이나 안에 포대나 짐 상자가 쌓여 있어서 안을 살펴봤더니, 밀이나 말린 고기나 야채 등이 들어있었습니다. 아아, 여물도 있었던가요."

"!"

칸젠가는 낯빛이 환해졌다.

칸젠가뿐만이 아니다.

간부 중에는 생각지 못한 낭보에 환성을 지르는 자도 있었다.

그것도 당연하다.

적의 물자는 발견한 자가 노획해도 좋다고 되어 있다.

즉, 요새에 있는 병참이나 여물은 칸젠가 일족의 것이 되니 칸젠가나 간부가 활기를 띠고 기뻐하는 것도 무리는 아니다.

'그렇게 되면, 병참이나 여물이 얼마나 있는지를 확인해야겠군. 그리고 후속 부대에 빼앗기지 않도록 한시라도 빨리 우리 일족이 확보해야 하겠어.'

칸젠가나 간부들의 의식은 제국의 수비 부대를 공격하는 것보다 발견한 병참이나 여물을 확보하는 것에 향했다.

이곳에서 벌어진 전투의 귀추는 이 순간에 결정되었다

고 할 수 있다.


10


두 번째 방벽 바로 안쪽에 세운 망루 위까지 올라간 리리는 손으로 챙을 만들어, 버리고 온 요새를 내다보고 있다.

"이런이런. 아무래도 적은 미끼를 물어 준 모양이구만."

리리가 안도의 숨을 내쉬며 그렇게 말하자, 그녀 옆에 선 에르미네가 자못 심각한 표정으로 대답했다.

"식량에 여물. 글자 그대로 미끼니까 말이지요. 야만족들이라면 무는 것도 당연하다는 것이겠네요."

"그래. 녀석들은 기본적으로 현지 조달이니까 말이야. 대량의 병참이나 여물을 운반해 오는 짓 따위는 하지 않아. 이렇게 빼앗을 수 있는 음식물이나 여물이 있으면 모든 걸 제쳐놓고서라도 그것들을 확보하려고 할 테니까 말이지."

"하지만, 리리엔텔 님."

"뭐지?"

"이쪽 방벽까지 물러나서 응전 준비를 갖출 시간은 벌었습니다만, 병참이 부족한 녀석들에게 병참을 줘 버리고 말았습니다. 활동 한계가 늘어난 녀석들이 계속해서 침입을 시도하여 공격해 올 가능성도 있지 않습니까? 그 가능성이 낮다고 이야기하셨습니다만, 근거는 어디에 있는 것인 지요?"

"새로이 얻은 병참으로는 치른 희생과 겨우 균형이 맞았 다는 정도겠지. 이 이상 공격해서 더욱 희생을 늘리면, 그 균형도 파탄이 난다. 희생이 더 커지니까 말이지. 녀석들 입장에서 보면 이쯤이 물러날 때……가 아닐까 하고 생각 한 게야."

에르미네가 과연 그렇군요, 하고 고개를 끄덕였다.

"하지만 이 방벽을 뚫고 영내로 침입할 수 있다면 한층 더 많은 노획물을 기대할 수 있습니다. 더욱 큰 선물 을…… 하고 생각할 우려는 없습니까?"

"나는 사이파카르 전하의 예측이, 즉 이 녀석들은 제국 내정을 탐색하러 온 선봉이라는 전하의 예측이 맞는다면 거기까지는 고려하지 않으리라고 생각한다."

"그렇습니까. 그렇다는 건."

"음. 녀석들은 이걸로 물러날…… 테지."

"다행입니다. 이 이상 녀석들이 공격해 오면 공포로 실 금해 버릴 겁니다."

"……그대의 그 하반신 방면 농담은 여자로서 좀 어떤가 하는 생각이 든다마는."

"마음에 들지 않으십니까?"

"아니. 내가 마음에 든다든가 안 든다든가 하는 문제인 겐가? 그런 창피한 농담을 창피해하는 기색도 없이 입에 담은 그대의 후안무치함을 문제 삼고 있는 게다만?"

에르미네가 갸우뚱한 표정으로 리리를 봤다.

"네? 저는 여자라서 고환은 달려 있지 않습니다만?"

"이 녀석은……."

리리는 하늘을 올려다보며 이마에 손을 올리고 한숨을 내쉬었다.

"그대는 미인이고 활 실력도 좋고 머리도 좋은데, 아깝구만. 그 천박한 농담에 많은 남성 병사가 질색하고 있다고?"

리리의 그 지적에 에르미네는 홍, 하고 콧방귀를 끼었다.

"저의 저질 농담에 따라오지 못하는 남자 따위 이쪽에서 사절입니다. 저보다 훨씬 더 예리한 저질 농담을 연발해 주는 남자가 아니면 마음을 줄 생각은 없습니다."

리리는 어깨를 풀썩 떨구고 질렸다는 듯한 얼굴로 이제 됐다, 하고 손을 가볍게 내저었다.

"그것보다. 녀석들은 방벽 대문을 열려 하고 있다."

리리는 전방을 향해 턱짓해 보였다.

그 말에 에르미네도 고개를 들고, 눈을 가늘게 뜬 채 저편 방벽의 중간 정도를 쳐다봤다.

방벽은 바르가리 고개에서 내려오는 길을 막을 수 있도록 쌓았지만, 평시로 돌아가면 가도를 오가는 상인의 통행을 저해하고 만다.

그 때문에 가도가 지나는 부분에만 크고 튼튼한 문을 만들어 두었다.

가령 불화살을 맞아도 불타지 않도록, 커다란 목제 문에는 철판이 덧대어 놓았다.

침입한 기병이 그 대문의 빗장을 풀고 대문 돌기에 묶은 밧줄을 말로 끌어당겨 열려는 걸 멀리서 볼 수 있었다.

"병참을 반출하기 위해 문을 열려 하고 있는 것이로군요."

"그런 게지. 이 이상 공격하는 것보다, 노획한 병참이나 여물을 반출하는 편을 더 우선시키려는 게야. 아직 방심할 수는 없지만, 저걸 보는 한 십중팔구 녀석들은 물러갈걸."

그 말을 들은 주위 병사들이 온몸의 힘을 푼 것을 알 수 있었다.

리리가 그런 병사들을 매섭게 노려봤다.

"아직 물러날 거라고 정해진 게 아니다. 긴장을 늦추지 마라."

병사들은 황급히 등을 펴고 직립부동 자세로 돌아갔다.

"앞으로 4반시만 지나면 결과는 보일 게야. 그때까지는 임전 태세를 유지해 둬라."

리리가 그렇게 다짐을 해둔 뒤 다시 한번 고개를 전방에 향하자 포대나 상자를 동여맨 말에 올라탄 기병이 한 기 또 한 기, 활짝 열어 둔 대문을 지나 나가는 게 보였다.

11

첫 번째 방벽 안쪽으로 침입한 기병은 두 번째 방벽과의 사이에 있는 모든 요새를 빠짐없이 조사하고, 놓여 있던 병참이나 여물을 남김없이 가지고 나갔다.

상자나 포대를 쌓은 기병이 대문을 통과하여 모습을 감췄다.

남은 기병은 1천 정도일까.

그 수로는 밀고 들어오지 않으리라고 생각은 하지만, 병참을 운반하여 나간 기병을 대신하여 후속 부대가 들어올지도 모른다.

리리 이하 알 아라 군단병과 두르도르 장군 이하 페리지아주 군단병은 숨을 죽이고 기마 민족의 동향을 지켜보고 있었다.

이윽고 해가 서쪽으로 기울 무렵에, 남아 있던 기병이 움직이기 시작했다.

수비 측의 긴장감이 단숨에 증가했다.

하지만 기병들이 잇따라 대문을 지나 밖으로 나가는 것을 확인하자, 이곳저곳에서 안도의 숨이 새어 나왔다.

리리도 마음속으로 안도의 숨을 내쉬고 있었다.

'아무래도 병사에 큰 희생을 내지 않고 지켜낼 수 있었던 것 같구만. 이걸로 겨우 사이파카르 전하를 도와드리러 갈 수 있겠어. 허나, 그전에.'

"에르미네. 슈메이르를 불러 다오."

"네, 즉시."

리리의 명령에 에르미네가 몸을 돌렸다.

## 12

리리가 진을 치고 있는 망루로 슈메이르가 올라왔다.

"아무래도 적은 물러난 것 같군요."

평소에는 그다지 희로애락을 드러내지 않는 슈메이르지만, 드물게 희색이 얼굴에 떠올라 있었다.

"그건 그대가 확인해 주었으면 하는군."

슈메이르는 리리의 의도를 금방 이해했다.

"척후로 나가는 거군요. 어디까지를 탐색하면 됩니까?"

"우선은 저 방벽 건너편이겠군. 녀석들이 어딘가에 병사를 숨기고 있지 않은지 어떤지를 조사해 주게."

"알겠습니다."

"복병이 없다는 것이 확인되면, 고개까지 가봐 줘야겠어. 고개의 요새가 어떻게 되어 있는지를 알고 싶어서 말이지. 녀석들이 요새에 병사를 들여놓고 있는지 아닌지. 만약 병사를 들여놓고 있다면 알 아라에도 일정 이상의 수비 부대를 남겨두지 않으면 곤란해."

"비었을 경우에는 어떻게 하시겠습니까?"

"데리고 간 병사를 요새에 들여서 고개 일대의 감시에 임해 주게."

"그것도 잘 알겠습니다. 몇 명 정도를 데리고 갈까요?"

"그러게, 어디 보자. 요새에 들일 병사를 3백, 척후에 1

백 정도일까. 요새에 들일 부대의 지휘관은 카슈토가 좋겠군. 그대는 고개 부근의 상황을 확인하면 곧바로 돌아와 주게. 전하를 도와드리러 가야만 하니까 말이지. 그대에게는 알 아라 수비를 맡기고 싶군."

"전부 받들겠습니다!"

"좋아, 준비에 임해 주게."

"곧바로 착수하겠습니다."

리리는 망루를 내려가는 슈메이르를 지켜보고 나서는 고개를 들어 서남쪽 방향을 쳐다봤다.

'제법 늦어졌구만. 과연 전하께서는 무사하실까.'

록서스에 있는 사이파카르에게서는,

'로키신이 되돌아오지만, 나는 록서스에서 나가지 않고 농성할 것이다.'

라는 연락이 와 있었다.

3만이라는 대군에 포위당하면 사이파카르 휘하의 병력만으로는 버티는 것이 어려우리라.

그의 문서에는 기마 민족이 정리되면 원군을 보내 주길 바란다고 적혀 있었지만, 좀처럼 정리가 되지 않아 리리는 약간 초조한 기미였다.

그렇기는 하지만 알 아라 군단이나 페리지아주 군단이 달려갈 수 없어도 리엔체주의 레므리가스 장군이 움직여 줄 터이니 어떻게든 될 것이라고 생각한다, 라고도 적혀 있었지만, 그쪽은 희망적 관측에 지나지 않는다.

이제야 사이파카르가 있는 곳으로 달려갈 수 있게 되었
다며, 리리는 크게 기운이 솟았다.

# 제2장
# 발칙한 자······
# 발가벗은 부녀자?

1

　록서스 탈환을 꾀한 로키신의 의도는 꺾이고, 안브로우주 군단은 와해되었다.

　동, 남, 서쪽의 세 방향에서 록서스를 공격하였던 부대는 모두가 자취를 감췄다.

　그로써 사이파카르는 안브로우주 군단에 무슨 일이 있었다는 것을—록서스를 포위, 공격할 수 없게 될 만한 결정적인 무언가가 있었음을 알아차렸다.

　"아마 리엔체주 군단이 움직인 거겠지. 그걸 알게 된 안브로우주 병사의 다수가 담당 구역을 벗어나 도망치기 시작한 것일 테고. 그 때문에 공격 속행은커녕 전투태세를 유지하는 것조차 어려워졌어. 그리고, 형님의 거병은 모반이라고 선전한 것도 먹혀들었으려나."

　그것이 사이파카르의 예상이었다.

　"군단 그 자체가 소멸해 버린 것인지, 군단은 유지한 채일단 어딘가로 퇴각한 건지는 모르겠지만."

　설마 이 시점에서 제4황자 로키신이 도주하고 있다고는 제아무리 사이파카르라도 간파할 수 없었다.

　하지만 그것도 이윽고 사이파카르가 알게 된다.


2

본진이 흔적도 없이 깔끔하게 사라진—여하간 로키신과 그의 참모가 모조리 도망쳤으니—상태였기 때문에 부대장이나 병사는 뭘 어떻게 하면 좋을지 알 수 없어 주변을 우왕좌왕하고 있었으나, 록서스 밖에서 적의 상황을 살피던 네므네모가 그런 병사 중 한 명을 사로잡았다.

사로잡은 병사로부터 지휘관과 간부가 도망쳤다는 것을 알아낸 네므네모는 즉시 사이파카르에게 전령을 보냈다.

그리고 자신은 적 본진이 있었던 장소를 탐색하러 나섰다.

지평선의 낮은 곳에 어스름한 반달이 떠 있었지만, 하늘의 과반은 구름으로 뒤덮여 있다.

칠흑 같은 밤이라고 할 정도로 어둡지는 않지만, 네므네모가 은밀하게 활동하는 데는 아무런 지장도 없었다.

거기다 주변에 진을 치고 있던 안브로우주 군단 부대는 사라졌다.

네므네모는 병사에게서 알아낸 본진 장소까지 어둠을 뚫고 달렸다.


"이 주변일 터. 하지만 아무것도, 없어."

네므네모가 가 보니 그곳은 완전히 빈 껍데기가 되어 있었다.

병사의 모습은 단 한 명도 보이지 않지만, 본진을 나타내는 장막은 그대로 쳐져 있고 군기나 장대 깃발도 세워져 있었다.

야전 탁자도 놓인 채로, 탁상에는 록서스 주변 지도가 올려져 있었고 적이나 아군의 배치가 적혀 있었다.

탁자 주위에는 군기나 걸상이 어지럽게 널려 있다.

어지간히 서둘러 철수한 것이리라.

아니, 철수했다기보다 도주했다고 해야 할까.

어둠에 둘러싸인 본진 터를 바람이 한바탕 불고 지나갔다.

정말이지 쓸쓸하고 비애가 느껴지는 광경이었다.

본진이 이래서는 전선의 부대장이나 병사가 혼란에 빠지는 것도 무리는 아니다.

그들의 혼란에 박차를 가한 것이, 어디로 도망치면 좋을지 알 수 없다는 점이다.

본래라면 아군의 본거지를 향하여 도망치면 된다.

그리고 그들의 본거지는 눈앞에 있다.

일반적인 상황이라면 고생할 것은 아무것도 없다.

그렇지만.

그들의 본거지인 주도 록서스는 사이파카르에게 점령당한 상태인 것이다.

도망치려고 해도 적에게 점령당한 상태이니 도망쳐 들어갈 수 없다.

록서스 이외의 도시를 향하여 달린 자도 있었지만, 다른 도시는 성문을 굳게 닫은 채 도주병을 받아들이려고는 하지 않았다.

역시, 로키신이 모반을 일으켰다는 사이파카르의 선전이 먹혀든 것이다.

마른침을 삼키며 사이파카르와 로키신의 싸움을 지켜보고 있던 다른 도시의 수뇌는 로키신 휘하의 병사를 도우면 모반에 가담하였다고 받아들여질 우려가 있다고 생각했다.

자신들이 살아남는 것을 우선한 수뇌는 우군 병사를 저버린 것이다.

도시에 남아 있던 수비 부대 대장도 그 결정에 이의를 제기하지 않았다.

로키신이 궐기할 때 병사를 차출당하였으니까 현재 거느린 병사가 적었다는 측면도 있지만, 무엇보다 모반자에게 가담하였다고 받아들여지는 것은 그들에게도 사절이라는 의식이 작용한 것이 분명하다.

패자는 아군에게서도 버림받는다.

그것이 혹독한 현실이었다.

이리하여 수뇌진을 잃은 안브로우주 군단 병사의 다수는 머리도 잃고 뇌도 잃은 살아있는 시체처럼 주위를 방황하며 걸어 다닐 뿐이었다.

"곧바로 사이파카르 님께 연락을, 해야 해."

네므네모는 데리고 있던 수 명의 부하를 록서스로 급파하고, 자신은 조금 더 주변 상황을 살피고자 어둠 속으로 사라졌다.

## 3

네므네모에게서 보고를 받은 사이파카르의 움직임은 빨랐다.

"프레이야, 그라우쿠스, 요우코를 불러 줘!"

황자의 소집에 세 사람은 사이파카르의 집무실로 달려왔다.

사이파카르가 가죽을 씌운 의자에 앉은 채 집무용 책상 앞에 선 세 사람을 올려다봤다.

"프레이야, 그라우쿠스, 요우코, 부르심에 따라 달려왔습니다."

세 사람을 대표하여 프레이야가 말하자 사이파카르는 대범하게 고개를 끄덕이고는 수고했어, 라고 말을 건넸다.

"너희들이 해줬으면 하는 일이 있어. 주군을 잃은 로키 신군의 병사들 다수가 주변을 방황하고 있는 모양이니까, 곧바로 병사를 이끌고 밖으로 나가 주지 않겠어?"

그라우쿠스가 통나무 같은 오른팔 위쪽을 왼손으로 두드렸다.

"하합! 닥치는 대로 베어 주겠습니다요!"

"아니야, 그라우쿠스."

"예? 사로잡는 것뿐입니까?"

"그것도 아니야."

"네?"

사이파카르가 무슨 말을 하고 싶은 건지 알 수가 없어서, 그라우쿠스는 눈을 끔뻑거리고 있다.

　"프레이야. 너도 닥치는 대로 창에 꿰어 주겠다든가 하고 생각하지 않았어?"

　사이파카르의 의심에 가득 찬 시선을 받고, 창을 든 손에 힘을 주고 있던 프레이야는 황급히 팔심을 뺐다.

　"아, 아아아뇨, 그런 건 요만큼도 생각하지 않았습니다!"

　"생각하고 있었네."

　"진심으로 생각하고 있었다해."

　그 자리에 같이 있던 슈라투와 리 인이 응응, 하며 고개를 끄덕였다.

　"그런데 사이파카르 님, 저희는 치고 나가는 게 아닌 겁니까?"

　한 사람, 냉정함을 무너뜨리지 않고 요우코가 물었다.

　"너희의 역할을 치고 나가서 적 병사를 베거나 사로잡는 게 아니라, 항복한 안브로우주 병사를 수용해 오는 거야."

　"수용…… 그건 사로잡는 것과는 다른 겁니까?"

　요우코가 거듭 물었다.

　"달라. 무장 해제는 필요하지만, 포박할 필요는 없어. 무엇보다 그들은 안브로우주의 주민이니까 말이야. 그런 그들을 안전하게 데리고 돌아오는 것이 너희들의 역할."

　"아, 네……."

　질문한 본인인 요우코뿐만 아니라 프레이야나 그라우쿠

스도 사이파카르의 진의를 영 이해하지 못한 모양이라, 고개를 갸웃거리거나 미간을 찡그리고 있다.

"즉, 나는 내 수하의 군세를 늘리고 싶은 거야."

사이파카르의 그 한 마디에, 세 사람은 겨우 황자의 의도를 이해했다.

"과연. 병사를 데리고 돌아와 군을 재편제하여 자신의 부대로써 사용하는 것입니까."

프레이야가 감탄한 얼굴로 그렇게 말하자, 사이파카르는 그녀를 향해 장난기 어린 기색으로 한쪽 눈을 감아 보였다.

"나는 실질적으로 안브로우주를, 적어도 주의 동쪽 절반을 손에 넣었어. 안브로우주 군단을 지휘하는 입장이 된 거야. 움직일 수 있는 병사의 수는 많아서 나쁠 건 없어. 그러니 로키신 군단의 병사를 수용하여 군을 다시 편제할 거야. 그 경우, 그들에게 은혜를 입혀 두는 편이 나중에 무슨 일이 있을 때 그걸 빌미로 이용하기 쉽잖아?"

'통찰력이 있다고 해야 할지, 간지(奸智)에 능하다고 해야 할지. 아니, 지금 같은 비상시에는 간계조차 가산점으로 쳐야 할 터. 이 황자님은 역시 겉보기보다도 훨씬 수완가에다 위험한 남자다.'

요우코는 다시금 그렇게 평가했다.

'황자님 앞에서는 그다지 본심이 새어 나오지 않도록 하는 편이 좋을지도 모르겠군.'

이라고도 생각했다.

"황자님의 간지에는 불초 프레이야! 그저, 그저 감탄할 뿐입니다."

휘청.

요우코가 작게 휘청거렸다.

재빠르게 자세를 바로잡은 요우코는 프레이야를 힐끔 훔쳐봤다.

'이 여자는 바보군. 아니, 그나저나. 이런 식으로 태연히 본심을 입에 담는 녀석이 친위대장인가. 내 생각이 지나친 건가?'

사이파카르에 대한 평가는 도무지 어렵다며 당혹스러워 하는 요우코였다.

"아니아니, 프레이야. 그건 간지가 아니라 심모원려하다는 정도로 그쳐 둬."

"이거, 실례했습니다."

프레이야가 공손하게 고개를 숙이자 사이파카르는 쓴웃음을 지으며 말했다.

"뭐, 아무래도 상관없지만 말이야."

그러고 나서 사이파카르는 얼굴에 엷은 미소를 띤 채 요우코를 쳐다봤다.

"요우코도 그다지 신경 안 써도 괜찮으니까 말이다?"

'으윽!'

자기도 모르게 소스라칠 뻔한 것을 억누르고, 요우코는

서둘러 고개를 숙였다.

"배려에 감사드립니다."

고개를 숙인 건 자신의 표정과 낯빛을 황자에게 보여주고 싶지 않았기 때문이다.

'역시 이 황자님은 방심할 수 없는 인물이다.'

겉보기와는 다르게 믿음직스럽지만, 그 이상으로 방심할 수 없는 남자.

그것이 요우코가 내린 결론이었다.

"그러면 다시금 명령을 전할게."

"네."

프레이야, 그라우쿠스, 요우코가 자세를 바로잡았다.

"너희는 알 아라 군단을 5백씩 이끌고 록서스를 나가 주위를 방황하고 있는 안브로우주 군단 병사를 수용하며 돌아다닐 것. 저항하는 경우에는 무력으로 제압하는 것도 어쩔 수 없지만, 이 상황에서 저항하고자 생각하는 사람은 적겠지. 저항하지 않을 경우에는 무장 해제로 그쳐 두고, 온건하고 정중하게 대할 것."

세 사람을 대표하여 프레이야가 복창했다.

"프레이야, 그라우쿠스, 요우코는 알 아라 군단병을 5백씩 이끌고 록서스를 나가 도시 주위를 방황하는 안브로우주 군단 병사를 발견하여 무장해제시킨 뒤, 수용하겠습니다. 그때, 저항을 받지 않는 한 이쪽도 무력은 행사하지 않겠습니다. 항복한 병사는 정중하게 대하겠습니다."

"응, 그거면 돼. 언제 나갈 수 있지?"

"내일 이른 아침에는 나갈 수 있습니다."

프레이야가 그렇게 대답하자, 사이파카르는 크게 고개를 끄덕였다.

"그럼 잘 부탁할게."

"넵!"

"그리고, 요우코."

"예."

"알 아라 쪽이 어떻게 되었는지 신경 쓰여. 발이 빠른 전령 기병을 몇 명 정도 준비해 주지 않겠어?"

"알겠습니다."

요우코를 선두로 프레이야, 그라우쿠스가 잰걸음으로 사이파카르의 집무실에서 나갔다.


사이파카르는 그날 밤중에 전령 기병 다섯 명을 보냈지만, 결국 그들로부터 보고를 들을 수는 없었다.

보냈던 전령과 엇갈리다시피, 그날 심야에 알 아라에서 온 파발꾼이 록서스로 달려 들어왔기 때문이다.


4


"기마 민족을 격퇴한 건가!"

알현실에서 전령 기병으로부터 직접 보고를 들은 사이

파카르의 얼굴에는 웬일로 희색이 넘치고 있다.

알현실에는 심야임에도 불구하고 사이파카르가 소집한 프레이야, 그라우쿠스, 요우코, 그리고 리 인과 슈라투도 동석하고 있었다.

프레이야, 그라우쿠스, 요우코는 밤새 부대 출격 준비를 진행하고 있었지만, 그걸 부하에게 맡기고 달려왔다.

전령이 가져온 보고는 그만큼 중대했던 것이다.


"옙. 리리엔텔 님은 페리지아주 장관 두르도르 장군과 함께 병사를 이끌고 이곳 록서스로 향하고 있습니다. 선발 부대는 이틀 정도 후에 이곳에 도착할 터입니다."

'그런가. 록서스 공방전에는 늦었어도, 안브로우주를 지키는 데는 성공한 거군.'

사이파카르의 예측대로라면 리리와 그녀 휘하의 병력은 조금 더 빨리 기마 민족을 격퇴하고 이쪽을 도우러 달려와 줄 터였다.

'상정했던 것보다 늦어진 건, 저쪽에서 무슨 일이 있었던 걸까.'

그렇게 생각한 사이파카르는 공방전의 상세한 내용을 전령병에게 캐물었다.

전령병은 방벽을 둘러싼 공방의 상황을 자세하게 보고하고, 마지막으로 군단장 리리엔텔리오나슈브라피슈카의 말을 전했다.

"마지막 수단이라고는 해도 중요한 병참을 적에게 줘 버린 것은 사실. 이건 전적으로 저의 독단이니 그 책임을 지는 것 또한 저 혼자입니다. 덧붙여. 부장관 나리는 제 목을 치라며 옆에서 아우성치고 있습니다."

보고와 리리의 말을 다 들은 사이파카르는 낮게 신음하고는 팔짱을 낀 채 복잡한 표정으로 생각에 잠겼다.

전령의 이야기를 들은 다른 간부는 방벽을 지키기 위해서라고는 해도 병참을 적에게 준 리리의 행위를 사이파카르가 화내고 있는 것이라고 상상했지만, 그의 입 밖으로 튀어나온 건 의외의 말이었다.

"설마 기마 민족이 그런 재치 있는 전법으로 공격해 오리라는 것은 예상 밖이었네. 아무래도 그들에 대한 평가를 조금 고쳐야만 하겠어."

제국 재통일을 이루어 내면 한 번 더 원정군을 파견해서 고원에 반거(盤踞)한 기마 민족에게 타격을 줘야만 하겠다고 생각하는 사이파카르로서는, 이번 싸움은 적의 사고나 전법을 알 수 있는 딱 좋은 재료가 되었다.

기마 민족을 얕보아서는 안 된다.

알 아라에서의 공방전은 사이파카르에게 그런 교훈을 가져다주었다.

아직 제국의 재통일을 이루어 내기 훨씬 이전에, 아니

그러기는커녕 후계자 싸움의 무대 중앙에 나아가기도 전에 그런 앞날의 일까지 생각하는 사이파카르의 장대한 구상력은 역시 범상치 않다고 말하지 않을 수 없다.

그렇지만 그건 역시나 아직 먼 앞날의 일.

그런 '앞날'에 이르기 위해서는 '지금'을 돌파해야만 한다.

돌파해서, 후계자 싸움에서 이기고 살아남아야만 한다.

"리리가 이끌고 있는 건 3백뿐이지?"

"예. 남은 7백은 알 아라에 남겨두고, 슈메이르 님이 지휘를 맡고 있습니다."

"그리고 두르도르 장군이 2개 군단 1만을 이끌고 있는 거고? 다른 페리지아주 군단은?"

"1개 군단을 페리샤브라에 되돌리고, 1개 군단을 알 아라에 남기고 있습니다."

"남은 1개 군단은 어떻게 어쩌고 있지? 도시로 들어갔나? 아니면 교외에 진을 쳤나?"

"엡. 장군의 지시로 교외에 진을 치고 있습니다."

사이파카르는 남몰래 안도의 숨을 내쉬면서, 쓴웃음도 아니고 어이없어하는 것도 아닌 미묘한 표정을 지었다.

'여전히 고지식하군, 두르도르 장군. 그렇지만 그 점을 신용했기 때문에 나는 그대를 이용한 것이고, 그대를 나의 진영으로 끌어들이려 하고 있는 것이지만 말이야.'

미소를 지운 사이파카르가 생각에 잠긴 표정으로 허공

을 노려보고 있었더니.

"황자님."

"뭐지, 프레이야?"

"귀중한 병참을 멋대로 적에게 준 군단장의 처단은 어떻게 되는 것입니까? 가능하다면 그다지 무거운 처단을 받지 않도록 선처하여 주셨으면 하고……."

"아니?"

사이파카르는 곧바로 프레이야의 말을 가로막았다.

"리리의 책임을 추궁하거나 처벌하지는 않을 거야. 오히려 포상감이네, 이건."

"아, 네, 그런 것…… 입니까?"

"물론이야. 임기응변으로 대응하여 아군의 희생을 최대한 억누르는 데 성공한 수완은 훌륭하다고 말할 수밖에 없어. 너도 리리처럼 기지를 살린 대응을 할 수 있게 되면 좋겠네, 프레이야."

"으."

프레이야가 눈을 희번덕거렸다.

"핫하하하~, 너는 융통성이라고는 찾아볼 수 없는 돌머리 여자니까 말이다해?"

"실례군. 돌머리인 건 리 인이겠지. 박치기로 벽돌 열 장을 깨는 주제에."

"그쪽 돌머리를 말하는 게 아니다해! 사고에 유연성이 없어서 융통성을 발휘하지 못한다는 이야기를 하고 있는 거다해!"

"뭐, 리 인은 사고가 지나치게 유연하지만 말이야."

사이파카르에게 그런 야유를 받고, 리 인은 머쓱한 표정을 지었다.

"황자한테 무자비하게 버림받았다해."

"그건 제쳐 두고. 리리는 잘해줬어. 무척 잘해줬어. 내 예상을 뛰어넘은 전법으로 침입을 도모한 기마 민족 상대로 순간적인 판단으로 시간을 벌어 아군의 희생을 최대한 억누르고, 최종적으로 녀석들을 쫓아냈지. 이건 아무리 칭찬하고 또 칭찬해도 부족할 정도라고 나는 생각해."

사이파카르의 그 말에 프레이야도 리 인도, 그리고 그라우쿠스도 뭔가 감명한 것이 있는 모양이다.

사이파카르가 원하는 것은.

그저 명령을 충실하게 실행하는 것뿐만이 아니라 정세의 추이에, 상황 변화에 즉응적(卽應的)으로, 임기응변으로 대처하는 것이다.

세 사람 모두 거기까지 논리적으로 이해한 것은 아니지만, 감각적으로 황자가 원하는 가신상이라는 것을 재확인한 참이라고 해야 할까.

'황자님의 입장이 변하고, 황자님을 둘러싼 상황이 바뀐 지금, 나도 변하지 않으면 안 된다…… 는 것입니까.'

프레이야는 그런 식으로 자신을 훈계하고, 질타했다.

"자, 그럼. 느긋하게 있을 수는 없지. 지금쯤 리엔체주 군단이 안브로우주 안을 동진하고 있을 테니까 말이야. 우선은."

사이파카르의 말에 프레이야, 리 인, 그라우쿠스가 정신이 들었다.

요우코나 슈라투도 사이파카르에게 주목했다.

"우선은 바깥을 방황하고 있는 병사의 수용이지. 프레이야, 그라우쿠스, 요우코. 안브로우주 병사 수색과 회수를 서둘러 주길 바라."

"네."

"맡겨 주십쇼."

"잘 알겠습니다."

세 사람이 제각기 대답했다.

"나머지는…… 동쪽과 남쪽을 공격하던 군단이 도중에 물러났는데, 그쪽이 어떻게 되었는지도 알고 싶어. 요우코."

"예."

"척후 부대를, 그래, 중대 단위로 5개 정도 준비해 주지 않겠어?"

"척후 부대 5개 중대를, 준비하겠습니다."

"그거랑 네므네모에게 연락해서 불러들여 주길 바라."

"시급히 네므네모를 불러들이겠습니다."

요우코를 향해 고개를 끄덕인 사이파카르는 무릎을 꿇은 채인 전령병을 돌아봤다.

"급히 달려오느라 수고가 많았어."

"감사합니다."

"요우코, 전령에게 휴식을 취하게 해줘."

사이파카르의 지시에 요우코는 대기하는 비서관을 불러 전령에게 휴식을 취하게끔 명했다.

비서관과 경호 병사가 전령병을 데리고 물러나자 사이파카르는,

"좋아, 착수해."

라고 세 사람을 재촉했다.

"옙."

프레이야, 그라우쿠스, 요우코 세 사람은 부대 출격 준비를 서두르기 위해 잰걸음으로 알현실을 뒤로했다.


그 자리에 남은 리 인이 황자에게 물었다.

"나는 어떻게 하면 좋냐해?"

"그러게, 리 인과 슈라투는 나랑 같이 도시 대표자나 의용병을 조직해 준 사람들을 치하하는 데 어울려 주도록 할까."

"알았다해."

"알겠습니다."

"슈라투에게는 하나 더 중요한 일을 부탁하고 싶어."

"무엇입니까?"

"이 도시에는 병참이 적어."

'성가신 일을 명령받을 것 같군.'

슈라투는 그렇게 생각했으나, 자넷티가 없는 이상 그걸 할 수 있는 건 자기밖에 없으리라는 자부심도 있다.

'나는 군사와 관련된 일은 할 수 없다. 여기서 활약하지 않으면 황자님 옆에 있는 의미가 없지.'

슈라투는 각오를 굳히고 고개를 끄덕였다.

"그러네요. 궐기할 때 로키신 전하가 대부분을 가지고 나갔으니 말이죠."

"그러니 병참을 모아 줬으면 해. 구체적으로는, 안브로 우주뿐만 아니라 다른 주에도 매입 부대를 보내 주길 바라. 단. 다른 주에 보내는 부대는 내 심복이라는 사실을 숨겨 둬. 이해가 되지?"

"아~~, 전하께서 병참을 모으고 있다는 사실이 제도에 알려지면 곤란하다……는 것이로군요?"

"그래, 제일 큰 이유는 그거야. 그것 이외에도 약점을 잡혀서 가격을 덤터기 씌울 우려가 있어."

슈라투는 확실히, 하고 고개를 끄덕였다.

"상인들은 기회를 살피는 데 재빠른 녀석들뿐이니까 말이죠. 이쪽이 꼭 필요하다고 생각하고 있다는 걸 간파당하면, 고자세로 나올 테니 말입니다."

"그래서 일반 상인을 가장해서 매입해 줬으면 하는 거야. 자금은 록서스 황자궁 금고 속 돈을 있는 대로 써 줘."

사이파카르의 그 말에 슈라투는 눈을 휘둥그레 떴다.

"지금 제국이 이런 상황이니 밀 가격은 점점 높아지고 있슴다. 대량으로 모으게 되면 상당한 금액이 필요하게 됩니다만?"

"금고가 텅 비어도 상관없어."

"깃발을 위장하기 위해서 부녀자들을 모을 때도 돈을 아끼지 않는다는 느낌이었고, 최근의 저는 돈 씀씀이가 헤프네요."

슈라투가 그렇게 말하며 쓴웃음을 짓자, 사이파카르가 위로도 아니고 야유도 아닌 말을 건넸다.

"괜찮잖아. 너 개인의 돈도 아니고 말이지."

"괜찮은 걸까요, 그건."

또다시 쓴웃음을 지으며 고개를 갸웃하는 슈라투였다.

"실제로 일하는 부대로는 록서스의 관료들을 쓸 수밖에 없지만, 나도 한번 모두에게 이야기를 해 둘까."

"그렇게 해 주신다면 고맙겠습니다."

"본래라면 자넷티가 있을 때가 더 좋겠지만, 그를 기다리고 있을 수는 없고 말이야. 준비되는 대로 착수해 주겠어?"

"알겠습니다."

"그럼 그쪽은 부탁할게. 그러면, 기다리고 있는 도시 사람들을 불러 주겠어? 이런 밤늦은 시간이 되어서 그들에게는 미안하지만."

"그건 괜찮지 않을까요. 언제든 상관없다, 언제까지든

기다리겠다고 말한 건 저쪽이니까요."

슈라투는 황자에게 그렇게 말을 건네고는, 경호 병사 책임자에게 도시 주민을 불러와 달라고 부탁했다.

5

수명의 부하를 대동한 부대장이 알현실에서 나가는 걸 쳐다보면서도, 사이파카르의 머릿속은 맹렬한 기세로 회전하고 있었다.

'여기까지의 추이는 대략 상정한 범위 안이야. 구상대로 흘러가고 있어. 문제는 이 뒤다.'

그러면 사이파카르가 문제라고 생각하고 있는 것은 무엇인가.

하나는 리엔체주 군단의 움직임이다.

안브로우주를 동서로 분할하자는 밀약을 나누기는 했지만, 우물쭈물하고 있다가는 동쪽에까지 리엔체주군의 침입을 허용하고 만다.

그렇게 된다고 하더라도 사이파카르는 불평할 수 없다.

밀약인 이상 서약서 같은 걸 나누지 않았고, 단순한 구두 약속에 지나지 않는다.

그리고 어디 어디보다 너머는 손을 대지 않겠다는 약속도 하지 않았다.

무엇보다 진군해 온 리엔체주군에 약속 위반이라고 항의하면, 사이파카르의 야심을 공언하는 것이나 마찬가지다.

금세 제도의 주의를 끌게 되리라.

주변의 이목을 모으게 될 것이다.

그래서는 곤란하다.

사이파카르로서는 아직 후계자 싸움의 주역으로 무대 중앙에 나아갈 생각은 없었다.

주위의 주목을 받지 않은 채 무대 끝에서부터 슬금슬금 중앙에 가까이 다가간다.

그것이 당면의 목표다.

어디까지나 황태자를 위해 움직이고 있다는 사이파카르의 입장으로서는 리엔체주군이 안브로우주 안쪽 깊숙이까지 침입해 와도 공공연하게 불평할 수가 없었다.

아마도 레므리가스 장군도, 부관인 게체도 그걸 알고 있다.

알고 있기에 사이파카르가 나가지 않으면 그들은 태연히 동쪽 절반에까지 병사를 진군시켜 올 것이다.

그래서 사이파카르는 동쪽 절반을 확보하기 위해서도 자신의 부대를 움직여야만 했다.

'그러기 위해서는 안브로우주 군단 병사를 산하에 편입하는 걸 서둘러야만 한다. 뿔뿔이 흩어져 도망치는 병사라면 문제없이 흡수할 수 있지만, 뭉쳐 있는 군단이 건재하

다면 조금 성가시겠군.'

사이파카르는 동쪽이나 남쪽을 공격하던 군단이 어떻게 되었는지를 알고 싶었다.


두 번째 문제는 제3황자 밀라니에우스의 움직임이 예상 이상으로 신속하며 활발하다는 것이다.

'밀라니에우스 형님이 신속한 게 아니라, 가신단이 우수하다는 거겠지만.'

밀라니에우스가 군사나 정치보다도 시가나 문학, 무용에 흥미가 있다는 것을 사이파카르는 잘 알고 있다.

성격적으로도 우유부단하여 과단(果斷)한 결단 같은 건 바랄 여지도 없다.

'맡길 테니 알아서 잘하도록'이라는 것이 그의 성향이다.

하지만 그를 짊어진 가신단이 유능한 경우, 그 '맡길 테니 알아서 잘하도록'이라는 밀라니에우스의 태도가 길한 결과로 나오는 것도 생각해 볼 수 있다.

사이파카르는 그것이 성가시다고 느끼고 있었다.

지세적으로 봐도 밀라니에우스 세력이 왕도를 향해 남하해 주면 리엔체주 장관 레므리가스로서는 모르는 척할 수 없을 것이다.

제도에 의리를 지켜 밀라니에우스 앞을 막아 설 것인가.

그게 아니면 제도를 버리고 밀라니에우스 밑으로 달려

갈 것인가.

　혹은.

　'나랑 함께 움직이려 할 것인가.'

　사이파카르로서는 밀라니에우스 세력의 움직임과 함께 리엔체주가 어떤 움직임을 취해도 대응할 수 있도록 준비해 둬야만 했다.


　그리고 세 번째 문제.

　레프리가스에게 사로잡힌 것이나 마찬가지인 스텔라스텔라의 안부였다.

　'연금당해 있다고는 해도 중요한 인질이다. 정중하게 대해지고 있을 거라고는 생각하지만. 그래도 스텔라를 레프리가스에게 맡겨둔 채로 둬서는 앞으로의 행동에 족쇄가 될지도 몰라.'

　그러니 사이파카르로서는 가급적 빨리 그녀를 되찾아야만 했다.

　'게다가 그녀가 곁에 있어 주지 않으면 여러 가지로 불편하니까 말이야.'

　지금으로서는 참모 역할을 부탁할 만한 건 리리 정도다.

　하지만 그녀는 군단장, 전투가 일어나면 군단을 이끌고 전장으로 향하고 만다.

　역시 스텔라스텔라는 참모 역할로서, 상담역으로서, 서기 역할로서 항상 곁에 있어 줬으면 했다.

게다가, 하고 사이파카르는 생각했다.

'스텔라라면 나의 싸움을 올바르게 기록해서 후세에 남겨줄 테니까.'

그저 단순하게 결과를 기록하는 것뿐이라면 누구든 할 수 있다.

하지만 사이파카르는 무엇을 위해 자신이 일어섰는지, 무엇을 지향하여 싸우고 있는지, 목적 실현을 위해 어떻게 싸웠는지 등을 이해한 후에 자신의 사적(事績)을 기록으로 남겨주길 바랐던 것이다.

'그건 아마도 스텔라밖에 할 수 없는 일이니까 말이지. 그녀를 풀어줄 수 있다면 도시 하나랑 맞바꾸어도 좋을 정도야.'

사이파카르의 그런 평가를 들은 스텔라스텔라가 어떤 감상을 품을지 상상하는 것도 재미있지만, 그건 제쳐 두고.

사이파카르가 문제 해결을 위해 이것저것 궁리하고 있었더니.

경호 병사의 안내를 받아 도시 주민 대표자나 관료 대표자, 상인 대표자, 거기에 의용병을 조직한 자들이 알현실로 찾아왔다.


6


사이파카르는 전부 여섯 명의 사람을 의자에서 일어나

맞이했다.

"수고가 많았어. 너희들 덕분에 이 도시를 지킬 수 있었어. 모두의 조력에 감사하는 바야."

알현실에 들어오자마자 사이파카르의 마중을 직접 받고, 각계 대표자나 의용군 간부는 황급히 머리를 조아렸다.

"당치도 않습니다. 저희야말로 도시를 지켜주셔서 감사의 마음을 금할 수 없습니다. 정말로 감사드립니다."

"자, 다들 앉아줘."

사이파카르는 한 단 높은 장소에 놓여있는 의자에 앉고 그 맞은편, 한 단 낮은 곳에 늘어 놓인 의자에 모두를 앉게 했다.

사이파카르는 다시금 여섯 명에게 감사를 표하고, 약속은 지키겠다는 말을 전했다.

약속, 즉 일정 기간 조세를 면제한다는 것이다.

"그리고. 안브로우주 군단 병사는 책임을 일절 묻지 않을 테니 안심하도록 해. 도시로 돌아오지 못하고 주변을 방황하는 병사들이 있다고 생각하지만, 모두로부터도 안심하고 돌아오면 된다고 귀환하도록 설득해 주지 않겠어?"

여섯 명은 서로 얼굴을 마주 보고 있었지만, 이윽고 누가 먼저랄 것도 없이 고개를 끄덕였다.

여섯 사람을 대표하여 도시 주민 대표자가 일어섰다.

"우선은 사이파카르 전하의 혜려(惠慮)에 모두를 대표하여 감사의 말씀을 드리겠습니다."

깊숙이 고개 숙여 인사한 그는 고개를 들더니,

"실은 전하께 상담하고자 하는 것이 하나 있습니다."

라며 망설이는 기색으로 말했다.

"뭐지?"

"모인 의용병 중에 앞으로도 전하를 위해 일하고 싶다는 자가 3백 명 정도 있습니다. 그들을 부하로 써 주실 수는 없겠습니까?"

"아아, 그런 거군."

사이파카르는 고개를 크게 끄덕였다.

의용병인 이상 싸움이 끝나면 해산하게 되지만, 그중에서 이후로도 사이파카르를 위해 일하고 싶다고 생각하는 사람이 나왔다는 것이다.

즉, 그들이 사이파카르를 정당한 주군으로 인정하고, 이후로도 계속해서 주군으로 있어 주는 것을 기대하고 있다는 사실의 반증이다.

사이파카르는 자신의 미래를 향한 확실한 반응을 느끼며 대답했다.

"물론, 좋고말고. 그들에게는 준비금을 내어 주도록 하지."

주민 대표의 얼굴에 역력한 희색이 떠올랐다.

"그 밖에도 나를 위해 일하고자 하는 사람이 있다면 언제든 말해줘도 좋아. 반대로 안브로우주 군단 병사 중에 나를 새로운 주군으로 받아들이는 데 불복하는 사람은 군

91

을 그만두어도 좋아."

도시 유력자들은 서로 얼굴을 마주 보았다.

"머잖아 병사들의 의사는 확인할 생각이지만, 너희들이 상담을 받는다면 지금 내가 한 말을 해줘도 좋으니까 말이지. 단."

거기서 말을 끊은 사이파카르는 장난기 어린 기색으로 한쪽 눈을 찡그려 보였다.

"지금 군을 그만두는 사람에게 퇴직 수당은 내줄 수 없지만 말이야. 그 왜, 지금은 여러 가지로 비용이 많이 드니까."

유력자 여섯 명은 자기도 모르게 의자에서 일어나 바닥에 한쪽 무릎을 꿇고 있었다.

"사이파카르 전하를 불만스럽게 여기는 사람 따위 단 한 명도 없을 것으로 생각합니다."

"그러기는커녕 병사로서 지원하는 자가 다수 달려오겠지요."

"조세를 면제해주시는 답례로 저희 중 조금이나마 주머니에 여유가 있는 사람이 전하를 위해 군자금을 기증토록 하겠습니다."

"그런가. 그건 도움이 되겠어."

사이파카르는 얼굴 가득 미소를 띠고 말했다.

"누가 얼마나 기부해 주었는지 알 수 있도록 기록해 두지. 내가 나름의 결과를 손에 넣었을 때, 모두의 후의에 보답할 수 있도록 말이야."

즉 사이파카르는 자신에 대한 기부를 선행 투자로 받아들이고, 나중에 투자에 걸맞은 배당을 하겠다고 선언한 것이다.

반대로 말하면 선행 투자를 한다면 지금이 적기라는 것이기도 하다.

황자의 진의를 이해한 여섯 명은 제각기 열을 올려 말했다.

"직업 조합의 유지를 설득해서 기부금을 모으도록 하지요!"

"창고에 있는 식량을 제공토록 하겠습니다!"

"다른 도시에 있는 동료들에게도 이 얘기를 전하겠습니다!"

"주민에게도 기부를 권하겠습니다!"

"고마운 일이지만, 억지로 강요하지는 말아 줘? 강제적으로 돈을 모으면 조세를 면제한 의미가 없어지고 말아."

"잘 알고 있습니다!"

사이파카르는 다시금 일동을 의자에 앉히고 여섯 사람의 얼굴을 둘러봤다.

"병참을 사들이기 위한 대상을 각지에 보내고 싶어. 단, 내가 보냈다는 것이 알려지지 않도록. 그런 쪽의 대량 매입에 익숙한 사람에게 꼭 협력을 부탁하고 싶어. 누군가 사람을 보내 주면 고맙겠는데."

상인 대표자가 상체를 내밀었다.

"그것이라면 맡겨 주십시오. 대량 매입이 특기인 자를 몇 명 정도 선별해 두겠습니다."

"고마워. 상세한 내용은 거기 있는 슈라투에게 물어 주겠어? 준비가 다 되면 출발시킬 테니까, 잘 부탁해."

"알겠습니다."

"그 밖에 뭔가 있을까?"

대표자들에게서는 딱히 아무 말도 나오지 않았기에, 사이파카르는 알현을 마무리하기로 했다.

'이곳을 다스릴 전망은 섰다. 안브로우주를 다스릴 전망도 섰다. 나머지는 리엔체주 군단이 오기 전에 확실하게 동쪽 절반을 지배해 둘 것, 이군. 그걸 위해서는 어떻게 해도 페리지아주 군단의 힘이 필요해.'

록수스에 있는 알 아라 군단은 3천 하고 조금.

그라우쿠스 휘하의 병사와 도시 의용병을 더해 그제야 4천 정도.

항복한 안브로우주 군단 중에서 신용할 수 있는 자를 더해도 5, 6천이 한도다.

그에 비해 리엔체주 군단은 아무리 적게 잡아도 1만은 움직여 올 것이다.

도중의 도시를 접수할 때마다 수비 부대를 배치하고 나름 대비를 해 둘 필요가 있으니까, 단숨에 안브로우주 동쪽 절반까지 진군해 오지는 않겠지만 우물쭈물하고 있으면 침입을 허용해 버리고 만다.

상대를 병력 측면에서 압도할 수 없다면, 침입을 허용했을 경우 실효 지배까지 허용하게 된다.

사이파카르 입장에서는 그것만큼은 저지해야만 했다.

리엔체주 군단이 안브로우주 동쪽 절반까지 들어오지 못하도록 대비하려면 페리지아주 군단의 병력이 꼭 필요해진다.

'수중의 3천이랑 페리지아주 군단의 1만, 합계 1만 3천이 있으면 리엔체주 군단을 견제할 수 있다. 그렇게 해 놓고, 안브로우주 군단을 재편제하여 모병도 새롭게 한다. 그걸로 1만 5, 6천 정도까지는 어떻게든 되겠지. 그 경우의 문제는 뭉쳐서 행동하고 있는 안브로우주 군단이 남아 있을지 어떨지, 겠군.'

역시 네므네모에게 주위를 탐색하게 하여 구 안브로우주 군단의 동향을 한시라도 빨리 파악해야겠다고 생각하는 사이파카르였다.

의자에서 일어선 사이파카르는 도시 대표자들에게 회견 종료를 고하고, 앞으로도 잘 부탁한다는 인사를 건넨 뒤 그들을 물러가게 했다.

"슈라투, 준비를 부탁해."

"예, 전하."

슈라투가 대표자들과 함께 방을 나가는 걸 지켜본 사이파카르는 뒤에서 대기하고 있던 리 인에게 말을 걸었다.

"일단 집무실로 돌아갈 건데, 같이 와 주지 않겠어? 리 인."

"알았다해, 황자."


7


집무실로 돌아온 사이파카르가 예상되는 앞으로의 전개
나 그에 대한 응수 등을 생각하고 있자, 소피가 이끄는 시
녀 군단이 방을 찾아왔다.

응대하러 나간 경호 병사가 황자에게,

"시녀가 졸음을 깨우는 데 잘 듣는 차를 달여 왔다는 것
같습니다."

라고 전하자 사이파카르는 의자 위에서 크게 기지개를
켰다.

"그런가. 그럼, 조금 쉬도록 할까."

사이파카르의 허가를 받은 소피 이하 시녀 군단이 찻그
릇과 다과가 담긴 접시를 실은 손수레를 밀며 방으로 들어
왔다.

"실례하겠습니다, 사이파카르 전하."

"차와."

"다과를."

"준비하였습니다."

이전과 같은, 아니, 이전보다 더욱 아슬아슬하고 요염한
의상을 입은 다섯 사람은 도저히 시녀로는 보이지 않았다.

일단 전원이 시녀복 같은 것을 입고 있지만, 그렇지 않

아도 짧은 치맛자락이 크게 트여 있어 절대 영역이나 아래 속옷이 훤히 보였다.

앞가슴은 활짝 열려 있어 가슴골이 훤히 보이는 데다 가슴 가리개를 차고 있지 않은 듯, 조금 움직이면 가슴골 정도뿐만이 아니라 가슴의 정점까지도 삐져나올 것만 같았다.

시녀라기보다 술집의 여급이나 무희라고 평하는 게 좋을 정도라, 다섯 명이 이 의상으로 황자궁 안을 활보하고 있는 건가 하고 생각하면 사이파카르도 아연실색할 수밖에 없었다.

'이 애들이 등장하는 것만으로도 여기가 내 집무실이 아니라 거리 술집 같은 분위기가 되는군. 황자궁의 품위라든지 품격 같은 게 완전 엉망이야.'

그렇기는 해도 황자궁의 품위라든가 품격에 구애될 마음 따위 전혀 없는 사이파카르의 성격상, 그녀들의 차림을 꾸짖거나 하지 않고, 방에서 쫓아내지도 않는다.

그러기는커녕 요염한 시녀 군단을 차분하게 훑어보며 그녀들의 아슬아슬한 의상을 확실하게 점검했다.

'음? 황자가 홀리고 있다해.'

황자의 시선을 알아차린 리 인이 시녀 군단 앞을 가로막고 섰다.

"황자한테 차를 내는 건 내가 하겠다해. 너희는 그 이상 가까이 다가가지 말라해."

다섯 명은 서로 얼굴을 마주 보며 눈짓을 하더니, 황자에게 접근하는 데 장애물이 된 리 인을 농락하러 덤벼들었다.

다섯 명은 앞을 가로막고 선 리 인에게 찰싹 달라붙어 제각기 그녀를 칭찬했다.

물꼬를 튼 것은 물론 소피다.

"아름다우시며 강한 리 인 님, 그런 말씀 마시고."

시녀들 네 명이 소피를 뒤따랐다.

"아름다우시며 강한 리 인 님, 함께 어떠신가요?"

"강하고 아름다우시며 상냥하신 리 인 님이 번거롭게 나서실 필요는 없습니다."

"강하고 아름다우시며 상냥한 데다 여자인 저희도 부러워할 정도로 멋진 체형을 지니신 리 인 님께 그런 짓을 시키고 마는 건 면목이 없습니다."

"그런 미천한 행위는 리 인 님과 같은 고귀한 분께는 어울리지 않습니다."

그녀들은 여하튼 칭찬을 쏟아부어 리 인의 마음을 돌리는 작전에 나선 것이었다.

"오, 오오, 그런가, 해?"

"그렇고 말고요, 그러시고 말고요."

소피가 고개를 크게 끄덕이며 그렇게 말하자, 네 명의 시녀는 더욱더 리 인에게 공격―칭찬 쏟아붓기―을 계속했다.

"리 인 님의 아름다움이 충분히 발휘되는 것은 차를 달이거나 다과를 낼 때가 아닙니다."

"리 인 님의 매력이 완전무결하게 발휘되는 것은 싸우고 있을 때입니다."

"그 풍만한 가슴을 흔들며 주위의 적들을 때려눕히고 발차기로 넘어뜨리는 모습은 마치 미와 무의 여신 아르텐시아도 이러하랴 싶을 정도로 아름다우십니다."

"리 인 님이 눈부시게 빛나는 건 차를 나눠주고 있을 때가 아니랍니다?"

"그그그, 그런가해? 그런 말을 들으니 나도 그렇지 않을까나 하고 생각하기도 하고 생각하지 않기도 하지만 말이지해."

리 인은 보기 좋게 감언이설에 넘어가고 만 모양이다.

"그런 이유이니, 고귀하며 아름다우신 리 인 님은 차나 다과를 나눠주는 그런 미천한 짓은 하지 마시고, 거기서 연무 등을 전하께 피로하시는 게 어떠실지요?"

소피가 그렇게 말하자, 리 인은 음? 하고 웅얼거리며 고개를 갸웃했다.

"과연, 그건 좋을지도 모르겠다해."

"황자님도 차를 마시며 잠깐 쉬실 수 있으니, 리 인 님의 매력적인 연무가 황자님의 눈을 즐겁게 해 드릴 것이 분명합니다."

"그보다, 황자님의 시선은 아름다우신 리 인 님의 화려한 연무에 못 박히리라고 봅니다."

"그렇다해! 당연하다해! 차와 다과는 너희에게 맡기고 나는 주특기인 연무를 피로하도록 하겠다해!"

리 인은 다섯 명 앞에서 몸을 빼고는, 집무실 모퉁이 쪽의 넓은 공간으로 이동했다.

그걸 곁눈질로 바라보고 있던 경호 병사들은—알 아라 군단에서 선발된 정예 수 명이 집무실에서 대기하고 있다—보기 좋게 시녀들의 말에 놀아난 리 인의 모습에 쓴웃음을 금치 못했다.

하지만, 웃을 수는 없는 노릇이다.

병사들은 필사적으로 얼굴 근육을 움직이지 않도록 노력했다.

한편 사이파카르는 노골적으로 쓴웃음을 띠고 있었지만, 리 인은 연무를 개시하고자 가볍게 몸을 움직이기 시작했다.

"그럼 황자, 나의 화려한 연무를 잘 보라해."

"아아, 응. 뭐, 네가 하고 싶다고 한다면 말리지는 않겠지만 말이야."

그렇게 대답한 황자에게 시녀 군단이 달려들었다.

"자자, 사이파카르 전하. 여기 차가 있사옵니다."

"맛있는 다과도 준비하였답니다."

"먹여 드릴게요. 자, 입을 벌려 주세요."

"차는 입으로 직접 옮겨 드리는 게 좋으신가요?"

요염한 시녀복을 착용한 소피 이하 시녀 군단이 황자에

게 달라붙었다.

찰싹 달라붙어서, 노골적으로 황자에게 몸을 들이민다.

몸이라고 할까, 몸 일부를.

구체적으로 말하자면 흉부였다.

의자에 앉아 있는 황자의 전후좌우에서 몸을 들이대는 다섯 사람은 황자의 얼굴에 가슴을 꾹꾹 눌러 대며 그의 손을 잡았다.

"자자, 황자님. 다과를 드시지요."

"다과는 저희의 가슴골에 끼워 놓았으니, 사양 마시고 뒤적뒤적 만져 주세요."

사이파카르는 어이가 없는 표정을 지으면서도 시녀 군단을 뿌리치려고는 하지 않았으니, 딱히 싫어하고 있는 건 아닌 모양이다.

사이파카르의 손이 시녀의 가슴 위에 놓이려 한 그때.

"바보냐해──앳!!"

리 인의 가벼운 돌려차기가 작렬하여 시녀들이 날아갔다.

"황자의 집무실에서 파렴치한 짓 하는 거 아니다햇!!"

다과를 집는 걸 방해받은 사이파카르는 이런이런, 하며 안도한 듯한, 그러면서도 조금 아쉬운 듯한 표정을 짓고 있다.

"리 인 님, 이 무슨 억지가!"

"조금만 더 하면 사이파카르 전하께서 젖을 주물러 주셨을 텐데!"

바닥에 나뒹군 시녀 군단이 원망스러운 듯한 얼굴로 리 인을 올려다봤다.

"그게 파렴치하다는 거다해!"

"리 인 님은 전하께서 젖을 주물러 주는 걸 원치 않는다고 말씀하시는 건가요?"

"하?"

"전하께서 가슴을 어루만져 주시거나 주물러 주시거나 하는 건 바라지 않는다는 건가요?"

"아…… 아니, 그건 말이다해."

"전하께서 젖을 주무른 여세를 몰아 옷을 벗기시거나 하는 건 원치 않는다는 건가요?"

"그, 그런 건 말이다해……."

"옷이 벗겨진 끝에, 황자님의 씨앗을 받거나 하는 건 바라지 않는다는 건가요?"

"씨, 씨시시씨앗……."

리 인은 얼굴이 새빨개져서는 입술을 삐죽 내밀고는, 뭐라고 중얼중얼하며 얼굴 앞에서 양손 손가락을 모아 꼼지락꼼지락 움직였다.

"그, 그건 뭐 나도 황자가 가슴을 주무르거나 옷을 벗기거나 씨앗을 부어 줬으면 하는 마음이 없는 것도 아니지만 그런 건 황자의 마음이 중요한 거고 억지로 하는 건 좋지 않다고 생각한다해."

"리 인 님은 잘못 생각하고 계세요."

일어선 소피가 단호하게 말했다.

"마음 같은 건, 아무래도 좋습니다."

리 인은 눈을 휘둥그레 뜨고 소피를 쳐다봤다.

"그…… 그러냐해?"

"중요한 건 결과입니다. 황자님의 씨앗을 받아 황자님의 아이를 품을 수 있다면 거기에 이르는 경과 따위 사소한 문제입니다."

그러자 잇따라 일어난 네 명의 시녀가 제각기 말했다.

"황자님의 씨앗을 얻기 위해서라면 황자님의 마음 같은 건 뒷전이에요."

"저희가 황자님에게 범해지든, 저희가 황자님을 범하든 씨앗을 받을 수 있다는 결과는 같답니다."

"오히려 범해 주셨으면 하지만, 그게 이루어지지 않는다면 강경 수단에 호소하는 것도 마다하지 않아요."

"임신해 버리면 이쪽 거예요."

"멋진 본심 고맙다!"

사이파카르는 기세 좋게 딴지를 걸었지만, 리 인은 감탄한 얼굴로 중얼거렸다.

"과연, 그렇게 생각할 수도 있는 거구나해."

때는 이때라는 듯이 시녀 군단은 공세를 취했다.

"리 인 님의 힘이라면 황자님을 억누르는 것도 가능하겠지요."

"황자님을 억누르고, 황자님의 옷을 벗기고."

"그뿐만 아니라 저희도 옷을 벗고."

"함께 씨앗을 받도록 해요."

"너희들, 그런 흉계를 내 앞에서 꾸미는 건 그만둬 주지 않겠어?"

사이파카르의 그런 주의 따위 아랑곳하지 않고, 다섯 사람은 리 인에게 바싹 다가섰다.

"자, 리 인 님. 같이 옷을 벗어요."

"벗어서 황자님의 훌륭한 창으로 안쪽까지 꿰뚫어 달라고 하자고요."

"아니니니니, 그그그그런 짓은 난 못 한다해."

"리 인 님이라면 할 수 있고말고요."

"잔뜩. 질펀하게. 넘칠 듯이. 뜨겁고 농후하며 농밀한 씨앗을 부어 달라고 해요."

"그그그그치만 말이다해."

리 인의 얼굴은 새빨갛게 물들었고, 눈은 핑글핑글 돌고 있다.

소피는 리 인에게 몸을 찰싹 붙이고 그녀의 귓가에서 살며시 속삭였다.

"함께 배도록 해요. 황자님의 건강한 아이를."

"화, 황자의 아, 아이……."

소피는 얼굴을 떼고는 리 인의 손을 잡았다.

"황자님도 기분 좋아지고. 저희도 기분 좋아지고. 결과, 저희는 황자님의 씨앗을 받고, 황자님의 피를 이은 아이의 어머니가 되는 거예요. 이것의 어디에 불만이 있다고 말씀하시는 건가요?"

"부부부불만 따위 있을 리가 없다해!"

리 인은 소피의 손을 꽉 마주 잡았다.

"하겠다해! 황자의 씨앗을 받아서 황자의 아이 엄마가 되겠다해!"

"잘 결심하셨습니다, 리 인 님. 그러면 곧바로 벗도록 하지요."

리 인은 경호 병사에게 힐끔 시선을 보냈다.

"하, 하지만, 여기에는 병사가 있다해."

"문제없습니다. 그들은 보고도 못 본 척해주실 거예요. 배려를 할 수 있는 훌륭한 분들뿐이니까요."

소피의 그 말에 맞추는 것처럼, 경호 병사들은 몸을 벽 쪽으로 돌리고 고개를 다른 곳으로 향했다.

"저, 저거라면, 문제없나, 해?"

"문제 같은 게 있을 리가 없지요."

"자자, 입으신 옷을 벗어 주세요."

소피가 그렇게 말하며 바싹 다가가자, 나머지 네 사람도 제각기 부추겨 댔다.

"전부 벗어요."

"알몸이 되는 거예요."

"황자님한테서 뜨거운 총애를 받도록 해요."

"거센 기세로 뿌려 주시는 질펀하고 농후한 총애를 받도록 하자고요."

리 인은 여전히 눈이 핑글핑글 돌면서도 오른쪽 주먹을 꽉 쥐었다.

"조조조좋아, 알았어. 나는 벗겠다해. 전부 벗어서 알몸이 되어 황자를 억누르겠다해."

소피는 만족스러운 미소를 지으며 고개를 끄덕였다.

"리 인 님이 억눌러 주시면 저희가 황자님을 부드럽고 정중하게 벗길 수 있습니다. 알몸인 리 인 님이 억누르고 있는 사이에 알몸인 저희가 황자님을 알몸으로 만들 테니, 나머지는 알몸인 리 인 님과 알몸인 저희와 알몸인 황자님이 서로 얽히고설키면 될 뿐입니다."

"알몸인 나와 알몸인 황자가 얽히고설켜……."

시녀의 말에 천장을 올려다보며 그 광경을 상상한 리 인은 갑자기 웃기 시작했다.

"우히히히히."

잠시 기분 나쁜 웃음소리를 냈던 리 인은, 이윽고 갑자기 웃음을 그치고는 철저히 진지한 표정이 되어서는 엄지손가락을 척 치켜세워 보였다.

"나한테 맡기라해."

리 인이 허겁지겁 옷에 손을 대자, 소피 이하 다섯 명도 시녀복을 벗기 시작했다.

시녀복은 작고 짧고 벗기기 쉽게 만들어져 있다.

다섯 명은 금방 시녀 의상을 벗어 던졌다.

대중소는 있지만, 그대로 드러난 다섯 명의 가슴이 크게 출렁이며 흔들렸다.

'으으음, 질 수 없다해. 나도 빨리 벗어서 가슴을 출렁거려 주겠다해.'

리 인이 자락이 트인 치마를 떨어뜨리고, 아래 속옷과 가슴 가리개 차림이 되었다.

'하, 하지만, 아무리 그래도 이 뒤는 조금 부끄럽다해.'

이미 시녀 다섯 명은 아래 속옷까지 벗고 알몸이 된 상태다.

'곤란하다해. 이대로는 뒤처진다해.'

조금 초조해진 기색이 된 리 인은 마음을 단단히 먹고 가슴 가리개를 벗겼다.


8


사이파카르는 자신을 내버려 두고 터무니없는 사태가 진행되고 있는 것을 난처한 얼굴로 보고 있었으나.

'난처한 사태가 된 건 확실하지만, 그래도 여기서 도망친다는 건 남자로서는 어떠려나.'

상정을 넘은 예상외의 사태 출현에 제아무리 사이파카르라도 어떻게 대응하면 좋을지 결정하지 못하고 있었다.

그런 사이파카르의 태도를 보고 소피와 시녀들은 자신들의 꿍꿍이를 묵인해 준 것이라고 판단한 듯, 알몸인 채로 슬금슬금 사이파카르 쪽으로 다가갔다.

그러자, 그때.

"뭔가 위험한 냄새가 납니다——앗!!"

입구 문이 기세 좋게 열리고, 프레이야가 돌진해 왔다.

아래 속옷에 손을 걸치고 있던 리 인과 사이파카르 쪽에 다가가고 있던 시녀 다섯 명의 움직임이 멈췄다.

"황자님의 집무실에서 뭘 하고 있는 거냐, 네 녀석들은 ——!!"

프레이야는 손에 든 창의 자루 끝부분으로 연달아서 소피와 시녀들을 찔렀다.

아주 가볍게 찌른 것뿐이었지만.

"하브읏!"

"가흐윽!"

"그호옥!"

시녀들은 비명이나 신음을 지르며 배를 누르고는 잇따라 바닥을 설설 기었다.

"리 인도 소피에게 부채질 당하면 어쩌자는 거냐?!"

프레이야는 리 인의 배도 창 자루로 찔렀다.

제아무리 리 인도 반라가 되어 아래 속옷에 손을 걸치고 있던 상태로는 프레이야의 창을 피할 수 없었다.

"그하으갸악!!"

리 인은 우스운 비명을 지르며 배를 부여잡고 바닥 위를 데굴데굴 나뒹굴었다.

"악랄한 마녀들은 퇴치하였습니다. 괜찮으십니까, 황자님?"

"응, 뭐어, 나는 괜찮지만."

"설마 싶지만, 황자님."

프레이야가 사이파카르를 찌릿 노려보자, 그는 시선을 슬며시 피했다.

"이제부터 잔뜩 즐거운 걸 하려고 생각했는데 방해하기는, 프레이야는 오지랖이 넓구만. 그런 생각을 하고 계시는 건 아니겠지요?"

"물론, 그런 생각은 하고 있지 않아. 그렇다기보다 덕분에 살았어, 프레이야. 더는 내 손으로 감당이 안 되는 상황이었으니까 말이야."

프레이야는 싱긋 웃으며 그런 말을 하는 사이파카르를 조금 의심스러운 듯한 얼굴로 쳐다봤지만, 곧 소피와 시녀들 쪽을 향해 돌아섰다.

"자, 언제까지 나뒹굴고 있을 생각이냐?! 얼른 일어서서 재빨리 옷을 입지 못하겠나!"

"우으으…… 조금만 더 하면 사이파카르 님의 신선한 씨앗을 받을 수 있었는데."

소피가 배를 누르며 투덜거리면서도 상체를 일으켰다.

"그렇게 둘까 보냐!"

"그렇게 화내지 않으셔도. 뭣하면 프레이야 님도 황자님의 씨앗을 받는다는 계획에 가담하지 않겠어요?"

"하하하하하하겠냐앗!!"

얼굴이 새빨개진 프레이야가 창을 붕붕 휘둘렀기에, 경호 병사들은 황급히 방구석으로 피난했다.

사이파카르는 필사적인 얼굴로 그녀를 제지했다.

"위험해! 그건 위험하니까, 프레이야!"

바닥에 나뒹굴고 있던 소피 이하 다섯 명도 알몸으로 바닥 위를 기어 피난하기 시작했다.

의자에서 펄쩍 뛰어 프레이야로부터 거리를 벌린 사이파카르는 머리를 누르고 자세를 낮춰 프레이야에게 계속해서 말을 걸었다.

"진정해! 실내에서 창을 휘두르면 위험하다니까, 프레이야!"

사이파카르의 필사적인 호소에 프레이야는 겨우 제정신으로 돌아왔다.

"아…… 이, 이건 실례했습니다."

프레이야는 휘두르고 있던 창을 수직으로 세우고 사이파카르를 향해 머리를 조아렸다.

"하하하, 프레이야 녀석. 황자한테 혼나고 있다해."

아래 속옷만 입은 차림으로 바닥 위에 주저앉아 있던 리인이 낄낄 웃었기에 프레이야는 다시 창을 들어 올려 리인의 머리를 향해 자루 끝부분을 내리찍었다.


퍽.

커다랗고 둔탁한 소리가 났고.

"아야야아아아~~!!"

머리를 짓누른 리 인이 아래 속옷 한 벌 차림으로 바닥 위를 나뒹굴었다.

여하간 프레이야가 가진 창 자루 끝부분 부근에는 얇은 철판이 감겨 있다.

돌머리인 리 인도 그 부분으로 있는 힘껏 정수리를 찍혀 진심으로 아파하고 있다.

"너도 빨리 옷을 입어! 아니, 그보다!"

프레이야는 날카로운 눈으로 리 인을 노려봤다.

"황자님을 지켜야 하는 네가 소피랑 한통속이 되어 야단 법석을 떨면 어쩌자는 거냐!"

"으······."

리 인은 어깨를 풀썩 떨구고는 시무룩해져 고개를 숙였다.

머리 꼭대기에는 커다란 혹이 생겨나 있다.

"면목없다해. 대꾸할 말도 없다해."

"알면 됐다."

크게 고개를 끄덕인 프레이야는 이번에는 사이파카르 쪽에 험악한 시선을 향했다.

"황자님도 소피랑 시녀들이 옷을 벗은 정도로, 그렇게 헤벌쭉하고 있어서는 곤란합니다."

"아······ 응, 그러, 네."

"황자님은 더욱 의연한 태도로. 엄연(儼然)한 태도로. 준엄한 태도로. 신하들을 대하지 않으시면 곤란합니다."

"그래. 정말로 프레이야 네 말대로야. 나는 멋진 친위대장을 가져서 기뻐."

사이파카르가 그런 말을 하며 프레이야를 추켜세워도, 그녀의 표정은 풀어지지 않았다.

"이 불초 프레이야, 미래의 제국을 짊어지고 일어서실 황자님이 그러한 가벼운 말을 입에 담으시는 건 좀 그렇지 않나 싶습니다만."

갑자기 사이파카르의 표정이 굳어졌다.

"프레이야. 그건 입 밖에 내서는 안 되는 말이야."

프레이야는 정신이 번쩍 든 표정을 짓고는, 자신의 오른손으로 자기 입가를 눌렀다.

사이파카르가 무겁게 고개를 끄덕였다.

"어디에 누구의 눈이나 귀가 있을지 모르니까 말이지."

조금 전까지의 요염하고도 시시덕거리던 분위기는 날아가고, 집무실에는 긴장감이 되살아났다.

"면목 없습니다. 이 프레이야, 경솔했습니다."

"응, 알아준다면 됐어. 앞으로는 주의하도록 해."

"네, 잘 알겠습니다."

다시 한번 허리를 숙여 고개를 깊숙이 숙인 프레이야는 자세를 되돌리고는 사이파카르에게 한 마디 못 박아 두는 것을 잊지 않았다.

"황자님도 가신의 장난 따위에 가볍게 어울리시지 않도록 조심해 주신다면, 이 프레이야도 안심할 수 있겠습니다만."

"그래, 그러네. 조심할게."

사이파카르는 그렇게 대답해 놓고는, 그래서? 하고 프레이야를 재촉했다.

"나한테 뭔가 용건이 있었어?"

출격 준비 중인 프레이야가 일부러 되돌아온 것이니, 뭔가 새로운 사태가 일어났을 터다.

프레이야는 차렷 자세를 척 취했다.

"예. 네므네모가 돌아왔습니다."

요우코에게 네므네모를 불러들이도록 부탁한 건 바로 조금 전의 일이기에, 이건 네므네모가 자주적으로 귀환한 것으로 생각된다.

"그러니까 그녀를 황자님께 데리고 오려고 했습니다만, 도중에 무언가 불길한 두근거림을 느껴서 혼자 이곳까지 뛰어온 겁니다."

"그렇군. 좋은 감을 지녔네."

사이파카르는 자기도 모르게 쓴웃음을 짓자.

"황자님, 네므네모 돌아왔, 습니다."

활짝 열린 문으로 네므네모가 얼굴을 내밀었다.

"음?"

방구석에서 주섬주섬 옷을 입고 있는 시녀 군단과 리 인을 본 네므네모는 곧바로 상황을 이해한 모양이다.

눈에도 보이지 않을 빠른 속도로 단검을 꺼낸 네므네모는 눈앞에 선 프레이야의 등에 대고 말을 걸었다.

"발칙한 자는, 아니, 이 발가벗은 부녀자들은 처단하는 편이 좋아. 여기서 죽여서 해체해 둘까?"

"일리 있는 말을 하는군."

프레이야가 감탄한 얼굴로 그렇게 대꾸하자.

"황자님, 이만 실례하겠습니다—!"

시녀복을 입은 시녀들이 소피를 선두로 날아가는 것처럼 집무실에서 나갔다.


9


사이파카르는 이거야 원, 하며 고개를 내저었다.

"조금 휴식하려고 했던 것뿐인데, 어째서 이렇게까지 소란스러워지는 걸까."

"그 책임의 일단은 황자님께도 있는 것처럼 생각됩니다만."

프레이야의 그 지적에 사이파카르는 그럴까나, 하고 고개를 갸웃했다.

자각이 없는 것인지 자각이 있는데도 시치미를 떼고 있는 것인지 다른 사람은 알 수 없다.

프레이야는 작은 한숨을 내쉬고 말했다.

"그건 제쳐 두고. 네므네모에 대한 지시를 부탁드립니다. 무언가 급한 일이라고 들었습니다만."

"그러네. 네므네모."

집무용 책상 너머에 놓여 있는 의자에 다시 앉은 사이파카르는 네므네모에게 손짓했다.

"네, 에."

네므네모가 미끄러지듯이 나와 황자의 집무용 책상 앞에 섰다.

"척후, 수고했어. 네가 보내 준 상황 보고 덕분에 적의 상황은 손에 잡힐 듯이 알 수 있었어."

"감사, 합니다."

사이파카르는 가볍게 고개를 숙인 네므네모에게 연달아서 말했다.

"그래서, 수고한 김에 하나 더 일을 부탁하고 싶은데."

얼굴을 든 네므네모는,

"하겠, 어요."

라며 고개를 끄덕였다.

"어떤 임무인, 가요?"

"이 도시를 포위했던 로키신 군단 중 형님이 직접 이끌었던 군단은 뿔뿔이 흩어졌다는 것 같아. 하지만 동쪽이나 남쪽을 공격하던 군단이 어떻게 되었는지 잘 알 수 없어. 마찬가지로 흩어졌다면 괜찮지만, 여전히 뭉친 채 이동하고 있다면 조금 성가셔. 그러니 동쪽과 남쪽에 있던 군단이 어떻게 되었는지를 탐색해 주었으면 해."

"탐색하기만 하면 되나, 요?"

"기본적으로 탐색만 하면 충분하지만, 몇 명 단위로 도망치고 있는 병사를 발견했을 경우에는 도시로 귀환을 촉구해도 좋으려나."

"사로잡을, 까요?"

"사로잡을 필요는 없어. 무기만 빼앗아 두면 돼. 그 녀석들이 탈주병이었을 경우, 본대가 어떻게 되었는지를 알아내 둬."

"알겠습니, 다."

"지금까지 행동한 병사는 지쳤을 테니, 새로운 병사를 요우코더러 준비시킬까. 프레이야, 절차를 부탁해."

"알겠습니다."

"슬슬 프레이야가 운용할 수 있는 휘하 병력도 충실하게 준비해 둬야겠지."

"아, 네. 잘 부탁드립니다."

"부대 편제와 출격 준비 쪽도 서둘러서 진행해 줘."

"넵. 잘 알고 있습니다."

"그럼, 가 보도록 해."

"실례하겠습니다."

"실례하겠습, 니다."

프레이야와 네므네모는 사이파카르를 향해 고개 숙여 인사하고는, 다시 고개를 든 뒤 몸을 돌리……지 않았다.

두 사람은 사이파카르 뒤에서 대기하고 있는 리 인을 노려봤다.

"리 인."

"뭐, 뭐냐해?"

"너는 황자님 호위라는 중요한 임무를 맡고 있다."

"그, 그렇다해."

"그런 네가 시녀들과 같이 들떠서 놀고 있으면 어떻게 하나?"

"아으…… 면목없다해."

리 인은 맥없이 어깨를 떨구고는, 고개를 푹 숙였다.

"이후로는 주의하겠다해."

"황자님의 씨앗이라든가, 언어도단이니까 말이다?"

프레이야의 그 말에 네므네모가 움찔 반응했다.

"씨앗? 저 시녀들, 그런 발칙한 짓까지?"

네므네모는 슬며시 꺼낸 단검을 바라보며 중얼거렸다.

"시녀들을 잘게 토막 내서 해체하는 것보다 오히려 황자님 다리 사이의 창을 잘라 버리는 편이 안심할 수 있을, 지도?"

"못 한다고!"

네므네모의 중얼거림을 들은 사이파카르는 온 힘을 다해 딴지를 걸었다.

"애초에 그건 소피랑 시녀들이 멋대로 말한 것뿐이고, 나한테 그럴 생각은 요만큼도 없으니까 말이다?"

"그랬습니까? 제가 보는 한에서는, 황자님은 꽤 마음이 있으셨던 것처럼 보였습니다만."

프레이야의 비아냥에 사이파카르는 단호하게 단언했다.

"프레이야의 기분 탓이야."

그런데 네므네모는 뭔가를 결심한 얼굴로 단검을 바라보며 한 마디를 불쑥 중얼거렸다.

"역시 잘라 두는 편이 안심……."

"네므네모, 황자님의 창을 자르는 건 이 프레이야가 용서하지 않습니다."

"어째, 서?"

"어째서냐니, 그런 짓을 했다가는 너도 나도 황자님의 씨앗을 받을 기회가 사라져 버립니다."

네므네모가 고개를 갸웃했다.

"나, 도?"

"아, 아니……."

그때까지 몸을 움츠리고 있던 리 인이 고개를 들고 가슴을 폈다.

"호오. 호오. 프레이야, 너도. 너, 도! 황자님의 씨앗을 갈망하고 있었냐해?"

"아, 아니다! 내가 그런 사념을 품을 리가 없다! 나는 순수히, 순전히, 순박하게, 순진하게 황자님의 몸을 생각한 것뿐이다!"

"네가 생각하고 있는 건 황자의 몸의 극히 일부이지 않냐해? 구체적으로는 다리 사이의 창이라든가?"

"그렇지 않다!!"

"역시 잘라 두는 편이 안전하고 안심."

"오오, 그건 안 되니까 말이다해. 황자의 다리 사이 창은 무척 중요하니까 말이다해."

"음. 그 점에 관해서는 이 불초 프레이야도 리 인 편이다."

"황자의 다리 사이 창을 자르기 전에 프레이야와 리 인의 가슴을 잘라 버리는 편이 좋은 거, 아니, 야?"

네므네모가 단검 날을 낼름 핥았다.

"너는 못한다해, 네므네모. 왜냐면 너는 빈유니까 말이다해!"

"크하악."

네므네모는 허리를 굽히고 배를 짓누르며 비통한 비명을 질렀다.

"음. 그건 이 불초 프레이야도 리 인에게 동의한다."

"역시 너희 둘은 네므네모의 적."

사이파카르는 시끄럽게 옥신각신하는 세 사람을 어이없는 얼굴로 쳐다보며 이전에 생각했던 것을 진지하게 검토했다.

'내 집무실은 진심으로 여자 출입을 금지할까.'

그렇지만 간부에는 여자가 많다.

친위대장인 프레이야를 필두로 리 인이나 네므네모, 스텔라스텔라가 있다.

알 아라 군단에도 리리나 요우코가 있다.

여자 출입을 금지하면 곧바로 사이파카르의 정책이나 군사 행동이 좌절되고 말 것 같다.

'뭐, 남자로서는 기뻐해야 할 부분이겠지만, 머리가 좀 아프네.'

현 상황에서 여자의 출입을 금지할 수는 없다.

사이파카르군은 그녀들의 능력에 힘입고 있는 바가 큰 것이다.

당분간은 능숙하게 균형을 맞춰 나갈 수밖에 없다고 생각을 고쳐먹은 사이파카르였다.

# 제3장
# 반라 부대의 행군

1

 다음 날, 정찰을 보냈던 척후 부대로부터 리엔체주 군단을 발견했다는 보고가 사이파카르에게 도착했다.

 1만 정도의 부대가 안브로우주 안을 천천히나마 동진하고 있다고 한다.

 '생각했던 것보다 빠르군.'

 사태는 일각을 다투는 국면으로 접어들었다.

 그렇게 판단한 사이파카르는 안브로우주 병사 회수에 나섰던 프레이야와 그라우쿠스 부대를 즉시 도로 불러들였다.

 "요우코 부대는 그대로 회수를 속행하겠지만, 너희 둘에게는 리엔체주 군단에 대항하는 역할을 부탁하고 싶어."

 사이파카르는 그렇게 말하고, 프레이야와 그라우쿠스 부대를 1천씩 늘려 록서스에서 보내기로 했다.

 안브로우주 동쪽 절반에 침입하는 걸 용납하지 않는다는 사이파카르의 결의를 나타내고, 그쪽의 의도를 저지하는 정도의 부대는 움직인다는 뜻을 레프리가스나 게체에게 최우선으로 보여 둬야만 한다.

 사이파카르는 알 아라 군단의 2개 대대 1천을 프레이야에게 붙이고 마찬가지로 850을 그라우쿠스에게 붙였다.

 자신의 휘하 병력과 합쳐 그라우쿠스도 2개 대대 1천을 이끌게 된다.

이 2천으로 선행시키고자 하는 것이다.

리엔체주 군단과 접촉할 테니까 사이파카르도 같이 나갈 생각이다.

프레이야와 그라우쿠스 둘이서는 자칫 잘못하면 상대와 무력 충돌할 우려가 있다.

요우코에게는 록서스에 남아 계속해서 투항병이나 지원병을 편입하기 위한 작전을 진행하게끔 했다.

머잖아 리리가 이끄는 부대와 페리지아주 군단 병사가 도착할 테니, 도착한 부대부터 사이파카르와 프레이야, 그라우쿠스를 뒤쫓는다.

그런 절차를 마친 사이파카르는 프레이야와 그라우쿠스를 거느리고 다음 날 저녁 전에 분주하게 록서스에서 출격했다.

목적지는 안브로우주 중부의 요충지, 로트레몬.

이곳을 리엔체주 군단에 제압당하면 사이파카르의 지배 영역은 안브로우주 전체의 3분의 1 정도로 그치고 말 것이다.

앞으로의 일을 생각하면 그것만큼은 피하고 싶었다.

그런 이유로 사이파카르는 2천의 부대를 로트레몬까지 급행시키기로 한 것이었다.

야간 행군이 되지만 가도는 잘 정비되어 있고, 안내해주는 건 이 지방 출신 병사이니 그렇게 큰 문제는 없다.

단지, 준비할 시간이 그다지 없었기 때문에 병사에게 지참시키는 병참에 여유가 없었다.

로트레몬에도 얼마나 되는 식량이 있을지 알 수 없다.

만약 로트레몬이 개성(開城)을 거부하면 그곳에서 며칠 정도를 소비하게 된다.

사이파카르는 요우코에게 병참 부대를 준비시키고, 리리가 도착하면 경호 병사를 붙여 선행 부대를 뒤쫓도록 명령해 놓았다.

외줄 타기 같은 위태로운 작전이지만, 이런 경우는 시간을 들여 안전한 계책을 짜는 것보다 일시적인 모면책이든 급조한 계책이든 시간을 절약하는 편이 좋다는 것이 사이파카르의 대국관이었다.


네므네모와 그녀가 이끄는 부대는 행방불명이 된 로키신 군단의 나머지 병사를 찾아 색적 행동 중이다.

슈라투는 록서스 유지 운영이나 병참 매입 등으로 몹시 바쁘다.

자넷티가 없는 이상, 이런 쪽 일은 그가 할 수밖에 없다.

"빨리 자넷티 나리가 돌아와 주지 않으려나."

그것이 슈라투의 거짓 한 점 없는 심경이었다.

요우코는 요우코대로 방황하는 안브로우주 병사를 회수하는 임무와 회수한 병사나 의용병을 섞은 부대 편제와 훈련으로도 힘에 부치는 상황이다.

그녀도 리리나 슈메이르가 한시라도 빨리 돌아오기를 간절히 바라고 있었다.


2


록서스에서 로트레몬까지는 통상적인 행군이라면 사흘. 서둘러 행군해도 하루 반은 걸린다.

그래서는 늦다고 판단한 사이파카르는 우선 기마 중대 세 부대를 선행시켰다.

안브로우주 안은 1급 가도가 정비되어 있기에 기병은 상당히 빨리 달릴 수 있다.

거기다 일정 거리마다 관제 역참이 설치되어 있기에 피로한 말을 교환하는 것도 가능하다.

다만 기마 중대 세 부대의 말 전부를 바꾸는 건 무리니, 이번 경우는 교환 없이 달려야만 한다.

그래도 말을 달릴 대로 달린 기마 중대 세 부대는 그날 오후 늦게 로트레몬 근교까지 진출했다.


"중대장님, 척후 기병이 돌아왔습니다."

중대 부(副)대장의 보고에 중대장은 말 위에서 고개를 돌렸다.

"어땠나?"

"지금으로서는 로트레몬 주위에 리엔체주 군단으로 짐

작되는 부대는 보이지 않는 모양입니다."

"그런가. 아무래도 늦지 않은 모양이군."

제1기마중대 중대장, 류베크는 가슴을 쓸어내렸다.

근처에 리엔체주 군단이 있다면 분쟁을 일으키지 않을 정도로만 다가가 전투가 일어나지 않도록 능숙하게 상대를 견제해야만 한다.

그런 성가신 일을 하지 않고 그칠 것 같았기에, 그는 안도의 숨을 내쉰 것이었다.

"우선은 사이파카르 님께 전령을 보낸다. 동시에 로트레몬의 상황을 살펴야만 하겠군."

기마 부대 3백만으로는 도시를 지배하에 두는 건 사실상 불가능하다.

그건 보병 부대가 도착하고 난 후의 이야기지만, 그전에 로트레몬이 새로운 지배자 사이파카르에게 순순히 따를 생각이 있는지 어떤지를 살펴 둬야만 한다.

정찰을 보냈던 척후 부대가 주변에 다른 주 세력이 없는 것을 확인하자, 류베크는 후속 제2기마중대에 가도 확보를 맡기고, 자신의 부대와 제3기마중대를 로트레몬 대문 앞까지 전진시켰다.

기마중대가 내건 깃발―동변경주기와 안브로우주기다― 을 확인한 감시병에게서 보고를 받은 것이리라.

정문이 열리고 로트레몬 수비 부대로 짐작되는 병사가 모습을 드러냈다.

"아무래도 적대할 생각은 없는 모양이군."

류베크는 그렇게 말하며 안도의 숨을 내쉬었다.

하지만 아직 안심할 수는 없다.

최악의 경우 이미 리엔체주 병사가 성안에 들어와 있다는 가능성도 있는 것이다.

스물 정도의 병사를 대동한 대장이라 여겨지는 남자가 앞으로 나왔다.

자신의 부대와 제3기마중대를 후방에 남기고, 류베크도 10기 정도를 이끌고 천천히 앞으로 나아갔다.

쌍방 모두 긴장하고 있는 것을 알 수 있었다.

수비 측에서 보면 이제부터 할 교섭으로 자신들의 미래가 결정되는 것이고, 류베크 입장에서 보면 일을 잘 진행시키지 않으면 사이파카르의 전략을 지체시키고 마는 것이 되니까.

류베크는 긴장감과 중압을 느끼면서 말을 멈추고 이름을 댔다.

"나는 동변경주 군단 소속 제1기마중대 대장, 류베크 베르지마이. 록서스를 지배하신 제국 제6황자, 사이파카르 전하로부터 전언을 맡았다."

그의 말을 들은 수비병 중 군장이 일반병보다도 훌륭한 두 사람이 서로의 얼굴을 마주 보며 고개를 끄덕였다.

그 두 명이 대장과 부대장일까 하는 류베크의 상상을 뒷받침하는 것처럼, 그중 한 명이 앞으로 나왔다.

그때 허리의 검을 풀어 옆에 있는 다른 한 사람에게 맡겼으니, 저항은 하지 않는다는 의사표시를 한 게 된다.

'이것 참, 귀찮은 사태가 되는 일은 피할 수 있을 것 같군.'

류베크는 긴장과 중압이 누그러지는 걸 느꼈다.

"나는 로트레몬 수비를 맡은 알렉서스라는 자다. 사이파카르 전하로부터의 전언을 듣고 싶다."

지참한 사이파카르의 친서를 부하에게서 받아든 류베크는 그것을 들어 올리며 앞으로 나갔다.

그는 상대처럼 무기를 놓지 않았다.

이쪽이 그쪽보다도 더 강한 입장에 있다는 것을 무언으로 알리기 위해서다.

"여기에 전하의 친서가 있다. 이걸 읽어 주길 바란다."

류베크가 양손으로 친서를 내밀자, 알렉서스는 공손하게 그것을 받아들었다.

그 태도를 봐도 그들이 사이파카르에게 항복할 의지를 가지고 있는 건 명백해서, 류베크로서는 일단 안심이었다.

귀중한 종이에 적힌 문장을 훑어보고 있던 알렉서스는 친서를 다 읽고 나자 뒤에 서 있는 부하에게 그걸 건넸다.

받아든 부하도 재빠르게 내용을 훑어보고는, 다 읽은 친서를 알렉서스에게 돌려줬다.

사이파카르로부터 저항하지 않고 개성해 준다면 주민이나 병사의 죄는 묻지 않는다는 것을 강조해 두라고 직접 지시를 받은 류베크는,

"거기에 적혀 있는 대로."

알렉서스에게 말을 건넸다.

"사이파카르 전하께서는 얌전히 로트레몬을 넘겨준다면 이곳의 주민과 수비병도 로키신 전하의 모반과 무관계하다는 것을 보장하겠다고 말씀하고 계신다. 그 점을 감안하여, 귀경들의 대응을 들려줬으면 하는군."

이미 각오를 굳혔다고 해야 할지 혹은 결론을 냈었다고 해야 할지, 알렉서스는 어딘가 체념이 배어 나오는 표정으로 담담하게 대답했다.

"우리는 사이파카르 전하께 활을 당길 생각은 없다. 주민이나 병사의 죄를 묻지 않는다고 말씀하신다면, 전하의 진주를 받아들일 생각이다."

류베크는 또다시 남몰래 안도의 숨을 내쉬었다.

"그런가. 귀경들의 결단에 감사한다."

"우리야말로, 사이파카르 전하의 관대한 재단에 감사의 말씀을 올리고 싶다."

류베크는 고개를 끄덕이고,

"금방 전하께서도 오실 것이다. 감사의 말은 전하께 직접 드리는 것이 좋겠지."

그렇게 대답한 뒤 자연스럽게 뒷말을 이었다.

"그런데, 도시에 수비병은 어느 정도 있는가?"

"5백 하고 조금이다."

"그런가. 가능하다면 전하께서 도착하시기 전에 무장을

해제하여 준다면 고맙겠다만."

"……그렇군. 전하께 감사의 말씀을 드리는 데 검을 찬 채로는 곤란하지."

불평 한마디 정도는 들으려나 싶었던 류베크였으나, 상대가 선뜻 고개를 끄덕였기에 안심하여 가슴을 쓸어내렸다.

무장 해제를 거부당하면 후속 부대가 도착하는 것을 기다려 강제적으로 무장을 해제해야 하는데, 그때 말썽이 일어날 가능성도 있다.

쓸데없는 일은 늘리고 싶지 않다는 것이 그의 솔직한 심정이었다.

"전하를 만나 뵐 때의 인원수는 10명 정도로 해 뒀으면 한다. 괜찮겠는가."

"알겠다. 준비를 잘 부탁하지."

알렉서스가 류베크에게 가볍게 고개를 숙이고, 쌍방의 대표에 의한 교섭은 우선 종료됐다.

"우리는 로트레몬 교외에 진을 치고 전하께서 도착하는 것을 기다릴 생각이다."

"그러면 우리 쪽에서도 사람을 보내지. 저쪽이."

알렉서스는 뒤에 선 병사를 가리켰다.

"수비부대 부대장 지레투다. 그와 다섯 명의 병사를 데리고 가 줄 수 있을까. 물론 무기는 지니지 않겠다."

'즉 인질을 내놓겠다는 의미로군.'

그렇게 이해한 류베크는 알겠다고 대답했다.

"사이파카르 전하께서 도착하시면 알렉서스 경이 있는 곳으로 사자를 보내겠다만, 어디로 가면 좋겠는가?"

"행정 청사에서 대기하고 있을 것이다. 데리고 가는 여섯 명 중에서 누군가 한 명이나 두 명을 골라 안내시키면 될 것이다."

다시 한번,

"알겠다."

라며 고개를 끄덕인 류베크는,

"그러면, 나중에 다시 보도록 하지."

라고 말한 뒤 발걸음을 돌렸다.

류베크 뒤로 부대장이라고 하는 지레투와 다섯 명의 병사가 조용히 따라갔다.

사이파카르의 기대에 답할 수 있었던 것을 남몰래 기뻐하며, 류베크는 부하 기병 10기를 거느리고 도시 수비병 여섯 명을 동반한 채 본대가 진을 구축하고 있는 장소까지 되돌아갔다.

프레이야와 그라우쿠스가 이끄는 본대가 도착한 건 다음 날 저녁이었다.

곧바로 로트레몬에 사자가 보내지고, 알렉서스는 사이파카르와 회견하여 무장 해제와 알 아라 군단병 수용을 조건으로 수비병이나 주민의 안전을 보장받았다.

이리하여 사이파카르는 한 방울의 피도 흘리지 않고 중

부의 요충지 로트레몬을 지배하에 편입시킬 수 있었던 것이다.

이를 '사이파카르는 운이 좋았다'는 한 마디로 끝내서는 안 된다.

수비부대가 저항하는 자세를 보이지 않았던 것은 사이파카르의 용의주도한 사전 계책이 있었기 때문이다.

즉.

· 로키신이 모반자임을 선전하고.

· 로키신의 편을 드는 자는 모반에 가담하는 자라고 강조하고.

· 록서스를 둘러싼 로키신 군단을 어려움 없이 격퇴하여
(실제로는 위태로운 상황도 있었지만, 주변 사람에게는 '어려움 없이'로 보였으리라).

· 결과, 로키신 군단 병사에 커다란 희생을 내지 않았다.

이러한 사실들을 알고 있었기에 로트레몬 수비 부대는 저항하지 않고 성문을 연 것이다.

사이파카르가 두는 한 수는 상대가 가리킨 수에 맞추고 있는 게 아니다.

그는 상대가 두는 세 수 앞, 네 수 앞의 수를 읽고, 그에 맞춘 한 수를 두고 있다.

사이파카르의 머릿속에는 현재의 반면(盤面)뿐만 아니라,

몇 수 앞, 때로는 십몇 수나 앞의 반면이 떠올라 있는 것이다.

반면을 넓게 둘러보고 올바른 방침을 모색하는 대국관.

몇 수 앞까지나 읽을 수 있는 투철한 두뇌.

여하한 국면에서도 올바른 수를 선택하는 판단력과 결단력.

그것들을 겸비한 상수(上手).

그것이 사이파카르라는 인물인 것이다.

안브로우주의 동쪽 절반을 아무래도 확보할 수 있을 것 같은 이때, 그의 눈은 이미 훨씬 앞을 향해 있다.

지금 그가 주시하고 있는 건 남하하고 있는 제3황자 밀라니에우스 세력의 동향이었다.

사이파카르는 리엔체주 군단에 대한 대응책을 짜면서, 리엔체주 장관 레므리가스와 그의 군단에 대(對)밀라니에우스전에서 어떠한 역할을 부여해야 할지를 생각하고 있었다.


3


사이파카르가 록서스를 떠난 사흘 뒤—로트레몬을 지배하에 둔 다음 날—에 리리가 선발 부대를 이끌고 록서스에 달려 들어왔다.

록서스에 남아 부대 편제를 진행하고 있던 요우코에게

서 지금까지의 경위를 들은 리리는 즉시 록서스를 출발하기로 결의했다.

"내가 이끌고 온 건 3백밖에 없어. 그래서는 전하께 달려가도 큰 도움은 되지 못할 게야. 새로이 편제한 대대 하나를 나한테 맡기게."

리리는 요우코에게 그렇게 말했다.

"그건 괜찮습니다만. 하지만 대대 5백이라고 해도 구 안브로우주 병사와 신참 병사뿐이라고요? 여차할 때 도움이 될지 어떨지."

"상관없어. 기본적으로 병사는 질보다 양이니까 말이야. 내 알 아라 군단병 3백과 합치면 8백. 선행한 2천도 있으니 리엔체주 군단 상대로 다소의 허세 정도는 부릴 수 있겠지."

"알겠습니다. 그러면 처음으로 편제한 1개 대대를 맡기지요."

"음. 페리지아주 군단은 내일, 늦어도 모레에는 도착하겠지. 도착하면 그대는 두르도르 장군과 이야기해서 록서스 교외에 진을 치게끔 해주게. 록서스 서쪽이 좋을 게야. 그리고, 일단 휴식을 취하면 가급적 빨리 전하의 뒤를 쫓게끔 해주었으면 하는데."

"록서스 서쪽이라는 건 리엔체주 척후 부대가 오면 쉽게 발견할 수 있는 장소에, 라는 의미군요?"

"그대는 말수가 없고 무뚝뚝한 데다 가끔 입을 열면 빈정이나 비아냥뿐인 성격 나쁜 여자지만, 머리는 좋구만."

"군단장이야말로 몸은 작고 가슴이 평평한 데다 조금 비꼰 거로 금방 폭력을 행사하는 심술쟁이 주제에, 전투력이 높고 지휘 능력도 높은 데다 통찰력도 높은 게 난처한 점이네요."

"무슨 의미얏!!"

"단순한 농담입니다. 신경 쓰지 마시길."

리리는 도끼눈을 뜨며 고개를 뒤로 홱 젖혔다.

"이 녀석…… 정말로 입도 성격도 나쁜 녀석이구만."

"인제 와서 고쳐지진 않으니, 신경 쓰지 마시길."

"뻔뻔하게 나왔어!"

"그것보다, 군단장."

"음. 뭐냐?"

"슈메이르는 저쪽에 남겨둔 겁니까? 자넷티 님도?"

"그래. 슈메이르와 기 쥬카는 만일을 위해 알 아라에 두고 왔다. 기마 민족들이 다시 고개를 넘어 올 가능성이 없지도 않으니까 말이지. 기 쥬카는 정보 수집 정리 역할도 해줘야 하니까. 슈메이르 대신에 세이야를 데리고 왔다. 부장관 나리와 세이야는 지금쯤 두르도르 장군보다 선행하는 형태로 이쪽으로 향하고 있어."

요우코는 눈살을 찌푸리며 중얼거리듯이 말했다.

"세이야입니까. 슈메이르가 오면 그에게도 1개 대대를 맡겨 군단장을 뒤쫓게 하려고 했습니다만…… 세이야인가."

"그리 떨떠름한 표정 짓지 말아라. 세이야도 대대 하나나 둘이라면 문제없이 지휘할 수 있는 여자라고. 뭐, 지휘할 때의 차림에는 다소 문제가 있을지도 모르겠지만 말이야."

"아뇨, 세이야가 평소의 차림으로 부대를 이끄는 모습을 상상하면 가벼운 두통이 찾아옵니다만."

"어쩔 수 없지. 녀석은 마녀야. 갑옷을 입으면 별을 읽을 수 없게 된다고 주장하니까 말이지. 본인이 신경 쓰지 않는다면, 괜찮지 않겠나?"

"……괜찮은 겁니까?"

"병사도 싫어하지는 않겠지."

"오히려 기뻐할 것 같습니다만. 그렇기 때문에 문제가 있는 것 아닌지."

"허나 말이야, 슈메이르와 기 쥬카를 두고 오면 남은 건 세이야나 레프라프티밖에 없는데 말이지. 레프라프티 쪽이 좋았나?"

"터무니없는 소리를."

요우코는 고개를 좌우로 붕붕 도리질했다.

"녀석에게 육지 병사를 지휘시키는 건 자살 행위입니다. 대대 하나를 시궁창에 버리는 거나 마찬가지라고요."

"심한 말이구만. 뭐, 나도 기본적으로 요우코의 의견에는 찬동하지만 말이야. 녀석은 바다 위에서 말고는 여자가 옷 갈아입는 장면이나 입욕을 엿보는 것밖에 할 수 없는 쓰레기지."

요우코는 도끼눈으로 리리를 쳐다봤다.

"당신의 말이 더 심하다고 생각합니다만."

그러고 나서 작은 한숨을 내쉰 뒤 고개를 흔들었다.

"어쩔 수 없지. 세이야로 타협하지요."

"갑옷을 입을 수 없다면 하다못해 옷을 입으라고 말해 둬라."

"가령 입었다 하더라도, 금방 벗을 겁니다."

리리는 끄끄끅, 하고 오열하는 것처럼 웃었다.

"뭐, 됐어. 세이야가 이끄는 건 안브로우주의 병사지? 반라로 말에 올라타는 그 녀석을 본 병사들은 앞으로도 사이파카르 전하의 군단으로 일하고 싶다고 생각할 게야."

요우코는 또다시 작은 한숨을 내쉬고,

"그걸로 괜찮은 걸까요."

라고 중얼거렸다.

리리는 괜찮아, 괜찮아, 하고 유쾌한 듯이 웃었다.

한동안 웃었던 리리는 이윽고 미소를 지우고, 진지한 표정으로 돌아와 말했다.

"자, 그러면 준비가 되는 대로 나는 전하의 뒤를 쫓기로 할까."

"이제 곧 날이 저뭅니다. 밤이 되어서 출발해도 괜찮겠습니까?"

요우코는 토지 감각이 없는 장소에서 야간 행군을 해도 괜찮은가? 라고 묻고 있는 것이다.

"그걸 위해 이곳 병사를 데리고 온 게야. 길 안내는 녀석들이 해주겠지. 인제 와서 매복을 걱정할 일도 없지 않나?"

"그건 문제없습니다. 록서스 서쪽은 대부분 청소가 끝났기에. 백 명 단위로 행동하는 부대는 남아 있지 않을 터입니다."

"그러면 문제없지. 두르도르 장군에 대한 대응, 잘 부탁한다."

"그러면 맡길 대대가 있는 곳으로 안내하겠습니다. 지금쯤은 한창 훈련하는 중이겠지요."

요우코는 그렇게 말하고 새로이 편제한 참인 대대—일단 안브로우주 제1군단 제1대대라는 것으로 되어 있다—가 훈련하는 장소로 리리를 안내했다.

대대장을 맡긴 건 구 안브로우주 군단에서 중대장을 맡았던 마이스마이야라는 남자로, 그는 자신의 중대를 거의 통째로 이끌고 투항했다.

큰 혼란 속에서도 자신의 대대에 손실을 입히지 않고 이끌었던 건 기대할 점이 있다는 이유로 그라우쿠스나 프레이야가 추천했기에, 사이파카르는 그에게 대대를 맡겼다.

리리는 자신의 3백을 이끌고 마이스마이야의 대대와 합류하자, 쉴 틈도 없이 록서스를 출발하여 사이파카르를 뒤쫓아 서쪽으로 달렸다.

# 4

　로트레몬에 들어간 사이파카르가 그곳에 사령부를 두고 주위 도시를 아군 진영으로 끌어들일 공작을 진행시키고 있자, 리리가 보낸 파발이 찾아왔다.

　그 조금 전에는 리엔체주 장관 레므리가스의 부관으로, 안브로우주에 진공해 온 부대의 지휘를 맡은 게체에게서의 사자도 사이파카르를 찾아왔었다.

　사이파카르는 게체의 사자에게,

　'로트레몬과 그 주변은 이미 제압하였으니 걱정하지 말기를.'

　이라는 답변을 들려 보냈다.

　실제로는 아직 로트레몬을 제압했을 뿐, 주변 도시에 관해서는 교섭하는 도중이었지만 그 부분은 시치미를 딱 뗐다.

　사이파카르는 정보의 중요성을 잘 이해하고 있다.

　올바른 정보를 다른 사람보다도 빠르게 입수하는 중요성뿐만 아니라 알리고 싶은 사실을 알리고, 알리고 싶지 않은 사실은 알리지 않는다는 정보 조작의 중요성도 알고 있었다.

　게체 쪽도 나름대로 척후 부대를 보내고 있었지만, 록서스를 둘러싼 로키신 군단과 사이파카르 세력의 싸움이라는 측면에 주목한 나머지 사이파카르 세력의 그 후 움직임을 영 파악하지 못하고 있었다.

게체는 게체대로 안브로우주 서쪽 절반을 확보하는 데만도 힘에 부쳤던 것이다.

그의 경우, 지배해야 할 도시에는 강압적으로 나갈 수밖에 없었다.

그가 이끌고 있는 건 안브로우주와는 무관한 리엔체주 군단이다.

이제부터는 우리 군단의 지배하에 들어오라는 말을 들어도, 안브로우주 측에서는 쉬이 '네, 그렇습니까'하고 응할 수는 없는 노릇이다.

실제로 록서스에 들어가 잇따라 펼치는 정책으로 도시 유력자나 주민에게서의 지지를 얻은 사이파카르의 입장과는 사정이 크게 달랐다.

개성시키고 지배하에 뒀다고 해도, 도시를 떠날 때는 나름의 수비 병력을 남겨야만 한다.

도시 하나를 제압할 때마다 게체 부대의 병력이 줄어드는 것이 된다.

게체 입장에서는 앞으로 나아갈 때 세심한 주의가 필요해진다.

만약 로키신 군단의 잔당과 딱 마주쳐, 의도치 않게 조우전이 된다면 지지는 않더라도 큰 희생이 나올지도 모른다.

레므리가스가 살아남기 위해서는 가능한 한 병력에 손실을 입고 싶지 않다고 생각하는 게체가 안브로우주 서쪽의 척후를 우선시켰다 해도 그건 당연한 조치였다고 할 수 있을 것이다.

그런 때, 리리가 8백을 이끌고 로트레몬에 달려온 것이었다.


5


"이민족을 잘 격퇴해 줬어, 리리."

로트레몬 행정 청사에 있는 회의실에서 리리를 접견한 사이파카르가 가장 먼저 꺼낸 한 마디는 그것이었다.

사이파카르는 경장갑을 착용한 채였지만, 리리 쪽은 갑옷을 벗고 의자에 앉아 있었다.

어른용 의자이기에 여전히 다리가 허공에 떠 있다.

그녀는 상석에 있는 사이파카르를 향해 크게 고개를 끄덕여 보였다.

"뭐, 운이 좋았다고 해야 할 것이네. 꽤 아슬아슬한 상황도 있었으니까 말이지."

"그런 것 같네. 대략적인 건 보고를 들어서 파악하고 있지만, 설마 기마 민족이 그런 재치 있는 공격을 펼쳐 올 거라고는 나도 예상하지 않았어. 내 예상이 빗나간 탓에 너희들을 위험한 상황에 부닥치게 해버렸군. 미안하다고 생각해."

사이파카르가 그렇게 말하고 고개를 숙이는 걸 보고, 리리는 다시금 감탄했다.

회의실에는 많은 신하가 있다.

신하뿐만이 아니다.

로트레몬의 수비 부대 대장이나 간부 관리도 있다.

'이 녀석들 앞에서 가신인 내게 고개를 숙이다니, 좀처럼 할 수 있는 일이 아니라고 생각한다만.'

하지만 리리가 정말로 감탄한 건 그 부분이 아니다.

'전하의 대단한 점은 이걸 계산해서 하고 있다는 거지. 일한 사람은 가신이든 상인이든 농민이든, 아군이든 한때의 적이든 차별 없이 포상한다. 그걸 모두에게 알리기 위해 일부러 하고 있는 게야. 연기에 능하구만.'

리리는 그런 생각은 티끌만큼도 느끼게 하지 않은 채 사이파카르의 말에 감격한 표정으로 머리를 조아렸으니, 그녀 역시 연기에 능한 건 틀림없다.

"전하께서 그렇게 말씀해 주니, 고생이 보답받는 느낌일세."

"전사한 병사의 가족에게는, 공로에 반드시 보답하겠다고 전해 주길 바라."

사이파카르가 여기서 일부러 전사한 병사의 이야기를 꺼낸 것도, 설령 전사해도 남겨진 사람들에게는 반드시 보답한다는 것을 구 안브로우주 병사들에게 가르쳐주기 위해서다.

고개를 든 리리는,

"잘 알고 있다네."

라고 대답했다.

그녀의 말에는 병사 가족에게 전하는 것을 알고 있다는 의미와 사이파카르가 노리는 바를 이해하고 있다는 양쪽의 의미가 담겨 있었다.

'역시 이 군단장은 의지가 돼.'

사이파카르도 다시금 리리의 능력에 감탄했다.

기마 민족과의 전투에서 보여준 임기응변을 살린 대응력도 훌륭했지만, 그의 의도를 적확하게 이해하는 사고력도 뛰어나다.

동시에 사이파카르는 그녀가 유능한 만큼 모든 걸 그녀에게 맡기고 말 위험성도 느끼고 있었다.

'리리에게 전부 맡겨 버리면 그녀가 없을 때의 대응력, 지도력에 불안 요소가 생겨. 프레이야나 그라우쿠스도 리리에게 지지 않을 정도의 무장이 되어 줘야 할 테니까 말이지. 가능하다면 리 인이나 네므네모도. 뭐, 좋은 모범이 눈앞에 있으니까 힘내게끔 할까.'

사이파카르는 그런 생각을 하며 화제를 바꿨다.

"록서스 쪽은 어떻게 되어 있지?"

사이파카르의 물음에, 리리는 지금도 요우코가 새로운 부대를 편제 중이라는 것, 두르도르 장군과 함께 자넷티나 세이야가 록서스로 향하고 있다는 것, 네므네모가 주변 색적을 계속하고 있다는 것 등을 보고했다.

그중에서 사이파카르가 주목한 것은 네므네모가 로키신

휘하 군단 중 하나로 보이는 부대를 발견했다는 보고였다.

"병사 수가 5천 정도나 된다고?"

사이파카르가 눈을 휘둥그레 떴다.

"그 혼란 속에서 군단을 통째로 유지 가능했다는 건 대단하네."

"아, 그게 그렇지만도 않은 모양일세."

"무슨 말이지?"

"구 안브로우주 군단 병사에게서 들은 이야기로는, 로키신 전하는 군단 병사 수를 7천까지 늘렸던 모양이니 말이네."

"과연. 즉 그 5천은 병력을 고스란히 유지하고 있는 게 아니라, 2천 정도는 도망친 거라고."

"그렇다네. 혹은…… 2개 군단의 병사가 합류하였다는 가능성도 있군. 내역이 4천과 1천인지, 3천과 2천인지는 알 수 없지만."

실제로는 두토스가 이끌고 있는 4천에 마르티더스가 1천을 이끌고 합류했다는 게 실제 정황으로, 리리의 예측은 대략 들어맞았다.

"설령 패잔병 2개 군단을 합친 것이라고 해도 현재 상황에서 5천의 병사를 유지 가능하다는 건 대단한 거네."

"그렇다네. 아마도 이끌고 있는 건 제1군단장인 두토스가 아닐까 싶네만."

"그 군단, 통째로 항복해 주지 않으려나. 아니, 그렇다기보다."

사이파카르는 진지한 표정으로 리리를 쳐다봤다.

"어떻게든 손에 넣고 싶네."

"전하는 내게 그 군단을 고스란히 손에 넣고 오라고 말씀하고 있는 겐가?"

'여전히 즉각적으로 반응하는 여자네, 리리. 든든할 따름이야.'

사이파카르는 고개를 크게 끄덕였다.

"리리는 그 두토스라는 군단장을 알고 있어?"

"알고 있다고 할 정도로 친교가 있었던 건 아닐세. 단지, 두토스도 로키신 전하 밑에서 오래 군단장을 맡았기에 말이지, 만나서 대화를 나눈 적 정도는 있었다네."

"그건 마침 잘됐네. 그 5천을 산하에 넣는 일, 부탁할 수 있을까."

리리는 쓴웃음을 지으며 끄덕였다.

"기껏 록서스에서 여기까지 달려왔는데, 다시 도로 돌아가는 겐가."

"미안해. 그 부분의 수고는 머잖아 메워 줄 테니까."

사이파카르가 그렇게 말하고 리리에게 비는 것처럼 양손을 모았기에, 로트레몬 수비병이나 관리들이 놀란 표정을 지었다.

"전하께서 그렇게까지 말한다면야, 한 번이 아니더라도 두 번이고 세 번이고 더 달려야겠구만."

이런 대화는 소위 말해 로트레몬 병사나 관리들에게 사

이파카르의 겸허함이나 신하에 대한 배려를 인상 지우려 한두 사람의 연극이었다.

사전에 협의하지도 않고 그 자리의 흐름이나 분위기로 서로의 의도를 이해한 것이니, 호흡이 척척 들어맞는다고 할 수 있겠다.

적어도 사이파카르와 리리는 특히 군사에 관한 것이라면 서로가 하고 싶은 것, 상대가 해주었으면 하는 것을 찰떡궁합처럼 이해할 수 있는 정도의 관계가 되어 있었다.

"병사는 어느 정도 필요해?"

"글쎄올시다."

리리는 잠깐 생각했지만, 곧바로 고개를 들었다.

"내가 데리고 온 8백으로 충분할 걸세."

"상대는 5천인데? 괜찮아?"

"전투를 하러 가는 게 아니니까 말이네. 게다가 8백 중 5백은 록서스나 근린 도시 출신. 말하자면 지역 토착 병사인 게야."

"아, 그런가. 그랬지."

그렇게 말하며 고개를 끄덕인 사이파카르를 향해 리리도 고개를 끄덕였다.

"그들이 말을 걸면 저쪽도 공격하려고는 생각하지 않을 걸세. 반대로 도망치려고도 생각하지 않아. 적어도 이야기를 들으려고는 할 테야. 그리고, 상대가 교섭 자리에 앉으면 조건을 제시해 주면 되는 것 아니겠는가."

"그러게. 두토스라는 사람이 5천을 유지하면서 저항도 하지 않고 도망치지도 않은 채 록서스 근처에 머물러 있는 건, 이쪽에 대한 의사표시일지도 모르겠네."

"그렇다네. 우리는 5천을 이끌고 이곳에 있다, 좋은 조건을 제시해 준다면 이 5천을 이끌고 전하께 항복하겠다고 말하고 있는 걸지도 모르겠군. 실제로 두토스가 이끌고 있는지 어떤지는 알 수 없지만, 가령 녀석이 아니라 하더라도 5천을 이끌고 있는 사람에게는 패배해도 여전히 5천을 규합할 수 있는 지휘 능력이 있고, 게다가 적대할 의사는 없다는 건 확실하다네. 그렇다면 교섭이 정리될 건 분명함세. 제시하는 조건만 그르치지 않는다면 말이야."

거기서 리리는 말을 끊고 사이파카르를 쳐다봤다.

즉 그녀는 사이파카르에게 제시할 조건을 결정해 달라고 말하고 있는 것이다.

"그렇군. 지휘관이 두토스인지 어떤지는 알 수 없지만, 그가 5천을 그대로 지휘하는 것을 인정하지. 즉, 지금까지와 마찬가지로 군단장으로서 대우하겠다는 거야. 만약 구군단의 군단장이 아닌 자가 군을 규합하고 있다면, 그자를 그대로 새로운 군단장으로 앉혀도 괜찮으려나."

"위쪽도 아래쪽도 문책 없음, 이라는 걸로 괜찮은 겐가?"

"물론."

사이파카르가 당연하다는 듯이 대답하는 걸 들은 로트레몬 수비 대장이나 관리 간부가 안도의 숨을 내쉬는 것을, 사이파카르나 리리는 놓치지 않았다.

두 사람은 슬쩍 눈짓을 하고는, 연극 마무리에 임했다.

"그러면 곧바로 돌아가서 두토스와 이야기를 나누고 오도록 할까. 아니, 이끌고 있는 게 꼭 두토스일 거라는 보장은 없지만 말일세."

리리는 그리 말하고 의자에서 내려가려다가, 오오 그랬지, 하며 손을 짝 마주쳤다.

"전하, 병참은 어떻게든 될 것 같은가? 우리는 사흘분 병참밖에 가지고 오지 않아서 말일세. 덧붙여 전하께서도 알고 있는 대로, 록서스의 창고에도 그렇게 많이 남아있지는 않다네."

"알고 있어. 병사를 굶기는 건 논외야. 다행히 로트레몬의 창고 비축분에는 약간이지만 여유가 있을 것 같으니까, 여기서 가지고 가도록 해."

"그건 고마운 일이로군. 여하간 주린 배로는 싸움을 할 수 없으니까 말이지. 아니아니, 딱히 우리는 전투를 하러 가는 건 아니지만 말이야."

리리가 장난스러운 어조로 말하자, 사이파카르는 진지한 얼굴로 아니, 하고 대답했다.

"리리의 이번 임무는 전투에 이기는 것과 동등하거나 그 이상의 가치가 있다고 나는 생각하고 있어. 훌륭하게 5천을 아군으로 끌어들일 수 있다면, 병사들에게는 승리한 것과 동등한 포상을 줄 생각이야."

안브로우주 병사나 관리들에게서 작은 술렁임이 일어났다.

그걸 본 사이파카르와 리리가 남몰래 득의에 찬 미소를 지었다.

두 사람의 소소한 연기는 로트레몬 병사나 관리에게 적잖은 충격과 좋은 인상을 안겨준 건 확실했다.

"알렉서스."

사이파카르는 로트레몬을 수비하던 부대 대장의 이름을 불렀다.

"옙."

알현실 한구석에서 대기하고 있던 알렉서스가 쭈뼛쭈뼛하는 모습으로 앞으로 나왔다.

"리리 부대에 들려줄 병참을 준비해 주지 않겠어? 그리고, 창고에는 무엇이 어느 정도 남아있는지를 보고서로 써서 제출해 줬으면 해."

새로운 지배자가 뭔가 무리한 주문을 하는 게 아닐까 하고 속으로 겁내고 있던 알렉서스는 사이파카르의 명령이 제대로 된 것이었다는 사실에 안도의 숨을 내쉬었다.

'이건 다행이군. 그 정도라면 어려울 것도 없어.'

그는 등을 쭉 펴고 사이파카르에게 경례를 보냈다.

"리리 군단장의 부대에 들려줄 병참을 준비토록 하겠습니다. 창고의 재고 목록도 만들어서 전하께 제출토록 하겠습니다."

"잘 부탁할게."

"아~~, 알렉서스 경."

"예. 무엇인지요, 리리 군단장님?"

리리는 조금 불만스러운 듯이 뺨을 부풀렸다.

"내 이름은 리리엔텔리오나슈브라피슈카라고 한다만."

알렉서스는 당황했다.

사이파카르가 쓴 '리리'라는 건 그녀의 약칭에 지나지 않았던 모양이다.

공식적인 자리에서 약칭을 쓰는 건 친한 사람이거나 손윗사람이 아니면 상대에게 실례가 된다.

알렉서스는 황급히 그녀의 정식 이름을 복창하려고 했다.

하려고 했지만.

"아, 넵, 알겠습니다. 리리엔텔리오나슈브라우……."

"뭐, 다 기억 못 하겠으면 리리엔텔로도 괜찮지만 말이지."

책망하는 듯한 시선을 받은 알렉서스는 이마에 비지땀을 흘리며, 이를 악물고 리리에게 경례했다.

"죄송합니다, 리리엔텔 님."

"아아, 그거면 되네. 그러면 병참 준비를 부탁할까."

"예. 안내해 드리겠습니다."

"전하, 병참 운반 절차를 갖추고 가겠네. 이걸로 실례함세."

"잘 부탁할게. 출발 전에 한 번 더 보고하러 와 줘."

"알고 있고말고."

사이파카르에게 고개를 숙인 뒤, 리리는 에르미네와 몇 명의 병사를 데리고 회의실에서 나갔다.

그 뒷모습을 지켜본 사이파카르는 남모르게 안도의 숨을 내쉬었다.

'우려했던 안브로우주 군단 잔병의 소재지가 판명됐다. 이걸로 안브로우주에 관해서는, 적어도 동쪽 절반에 관해서는 내 통치를 방해할 만한 위협은 사라졌다고 할 수 있겠어.'

이로써 사이파카르의 현안(懸案) 사항은 서쪽 절반을 지배하에 넣었을 리엔체주 장관 레므리가스 장군에 대한 대응과 남하해 오는 밀라니에우스 황자군에 대한 대응이라는 두 점으로 좁혀졌다고 해도 좋다.

'레므리가스에 관해서는 당분간은 협약을 준수하는 거로 괜찮지만, 밀라니에우스 형님 쪽이 성가시군.'

현재 사이파카르가 움직일 수 있는 병력은 1만 4, 5천 정도는 된다.

그렇지만 그 태반은 두르도르 장군의 부대이니까, 사이파카르가 직접 움직일 수 있는 건 아니다.

노골적인 움직임을 보이면 두르도르 장군이 그의 진의를 수상쩍게 여길 것이다.

두르도르 장군의 군단을 고려하지 않는다면 사이파카르

가 움직일 수 있는 건 4, 5천에 불과하다.

리리가 두토스 군단을 산하에 거두어 준다고 해도 1만 정도.

아직 도시로 귀환하지 않은 안브로우주 군단 병사를 찾아내서 계속 흡수하면 1만을 넘기는 할 것이다.

하지만 서쪽 절반을 레므리가스에게 준 이상, 구 안브로우주 군단과 동일한 만큼의 병력을 육성하는 건 무리가 있다.

로키신은 4개 군단, 대략 2만의 병사를 가지고 있었지만, 동쪽 절반밖에 지배하지 않는 사이파카르가 먹여 살릴 수 있는 건 절반인 1만 정도다.

사이파카르의 안브로우주 지배권이 확고한 것이 되면 조금 더 늘릴 수 있겠지만, 지금은 아직 무리다. '알 아라 군단과 합쳐도 1만 5천. 두르도르의 병사는 내가 자유롭게 쓸 수 있는 건 아니고. 레므리가스를 놓고 봐도 아직 내 진영에 끌어들였다고는 할 수 없어. 밀라니에우스 형님의 남하를 저지하려면 결정적으로 부족해. 형님이 얼마나 되는 병력을 이끌고 있는지도 살펴야 하고. 자, 이제 어쩐다.'

리리의 부대를 보낸 후에도 로트레몬에 진을 친 채 사이파카르는 안브로우주 중부를 확실하게 지배하기 위한 여러 정책을 이것저것 꺼냈다.

하지만 자넷티나 슈라투도 없는 지금, 사이파카르는 자신의 정책을 실행시키기 위해서는 로트레몬이나 그 주변 도시에서 불러들인 관리들에게 직접 지시를 보내야만 하여, 어떻게 해도 비효율적이게 된다.

프레이야나 그라우쿠스는 정치나 경제 실무 면에서는 거의 도움이 되지 않는 것이다.

'자넷티, 빨리 와 주지 않으려나.'

그 자넷티는 마침 그 무렵, 세이야와 함께 로트레몬을 향해 행군하고 있는 참이었다.


6


세이야가 이끌고 있는 건 록서스에서 요우코로부터 맡은 1개 대대 5백이다.

그걸 10명 남짓인 알 아라 군단 병사와 함께 지휘하고 있었다.

10명 중 두 명은 중대장으로서 백 명씩을 이끌고 있다.

다른 중대장 두 명은 안브로우주 병사 중에서 선발한 자다.

나머지 백 명이 기병으로, 세이야와 자넷티 주위를 단단히 지키고 있다.

페리지아주 2개 군단에 선행하는 형태로 5백을 이끈 세이야가 로트레몬을 향해 진군하고 있자, 척후로 보낸 기마 소대 중 두 명이 달려 돌아왔다.

"무슨 일 있었어~?"

말 위에서 그렇게 물어본 세이야는 가슴 정점과 다리 사이를 간신히 가리는 정도의 작은 천 조각밖에 입고 있지 않았다.

그녀만 보면 말에 올라탄 무희로밖에 생각되지 않는다.

주위에 있는 게 완전무장한 병사뿐이기에 위화감이 장난 아니었다.

보고하러 온 기병도 세이야를 똑바로 봐도 좋은지 어떤지 망설이고 있는 모양이라, 조금 전부터 계속 시선을 이리저리 돌리고 있어서 제대로 보고가 되지 않고 있다.

"이 녀석의 차림은 신경 쓰지 마라. 언제든 어디서든 이렇다. 보이는 걸 좋아하니까, 똑바로 봐주도록 해."

자넷티가 그렇게 야유하는 것처럼 구원의 손길을 내밀자, 말 위에 있는 세이야가 고개를 돌렸다.

"남을 노출 취미를 가진 변태처럼 말하지 말아 줄래? 부장관님."

"아니, 실제로 노출 취미를 가진 변태잖냐, 너는."

"그러는 당신은 돈의 망자에다 횡령범이거든~?"

"…………."

"…………."

두 사람은 말 위에서 서로 노려보고 있었지만.

이윽고 누가 먼저랄 것도 없이 시선을 돌렸다.

"서로 상대의 결점을 왈가왈부하는 건 그만두자고."

"그러네~. 그건 좋지 않지~."

세이야는 전령 기병 쪽으로 고개를 돌리고 싱긋 미소 지었다.

"어머, 나는 신경 안 쓰니까 당신들도 신경 안 써도 돼
~. 그래서~? 무슨 일이 있었던 걸까나~?"

"아, 네. 실은."

신경 쓰지 말라는 말을 들어도 역시 세이야의 차림을 똑
바로 보는 건 꺼려졌다.

그렇지만 고개를 돌리는 것도 실례인 느낌이 든다.

본심을 말하자면, 똑똑히 보고 싶다.

전령 기병은 그런 갈등을 품은 채 아주 약간 시선을 돌
리는 기미로, 하지만 시야 끝에 세이야를 넣은 채 말 위에
서 보고하기 시작했다.

"소속 불명인 부대를 발견하였습니다."

"흐음. 어디에 있었어?"

"요 앞, 오른편 언덕 너머에 작은 숲이 있는데, 그 주변
에 대략 2백 정도의 병사가 모여 있습니다."

"정체불명인 병사 2백인가."

조금 생각하는 기색을 보인 세이야였으나,

"잠깐 살펴볼까."

그렇게 말하고는 갑자기 말에서 내렸다.

말에 매달아 놓았던 주머니 안에서 수많은 패를 꺼낸 세
이야는 그것들을 뒤집어서 서로 섞더니, 무릎을 꿇고 앉아
지면에 패를 늘어놓기 시작했다.

무엇을 시작하는 건가 싶어 전령이나 주위 병사가 지켜

보고 있자.

세이야는 뒤집은 패를 몇 개의 무더기로 나누어, 그중에서 한 장을 뽑아 앞면을 보였다.

"방위는 북."

세이야는 또 한 장을 뽑아 마찬가지로 앞면을 보였다.

"이등성이 빛나고."

세이야는 또다시 한 장을 뽑았다.

"그를 뒤따르는 별들이 빠르게 움직인다."

세이야는 계속해서 세 장을 뽑고, 앞면을 보인 상태로 늘어놓았다.

"그것은 지략과 무력, 그리고 모략일지니."

거기다 두 장을 더.

"명백성(明白星)을. 찾으러 온다."

거기서 세이야의 손이 멈췄다.

"흐음~~."

허공을 올려다보고 생각에 잠긴 그녀에게 자넷티가 말을 걸었다.

"뭐가 보였지, 세이야?"

세이야는 천천히 고개를 들었다.

"그러네~. 지금 보고에 있었던 정체불명의 부대, 아마도 제3황자 밀라니에우스 전하의 세력이 아닐까."

"밀라니에우스 전하아?!"

자넷티가 얼빠진 소리를 냈다.

"전하의 군대가 뭐하러 이런 곳까지?"

"글쎄. 어쩌면 사이파카르 전하를 탐색하러 온 걸지도 몰라."

"그 말은, 밀라니에우스 전하가 사이파카르 전하를 경쟁 상대라고 인정했다…… 는 건가?"

"그건 뭐라고도 하기 힘드네. 단지, 밀라 전하에게는 수완가인 중신 세 명이 있다는 이야기니까, 그 녀석들이 사이파카르 전하를 신경 쓰고 있다……는 건 가능성이 있을지도 몰라?"

"아아, 과연. 그건 있을 법하군. 하지만."

자넷티가 곤혹스러운 기색을 띠고 세이야를 쳐다봤다.

"사이파카르 전하를 신경 쓰고 있다고 해도다. 이런 곳까지 휘하 세력을 보냈다는 건, 밀라 전하는 이미 이 근처까지 진출했다는 게 되지 않나?"

"그것도 알 수 없지만."

그렇게 대답한 세이야가 씨익 웃었다.

"밀라 전하가 어디까지 와 있는지 확인해 볼까."

"하? 어떻게? 너의 별을 읽는 기술로 그것까지 알 수 있는 거냐?"

"모르지."

자넷티는 도끼눈을 뜨고 고개를 뒤로 홱 뺐다.

"쉽사리 말하기는. 그럼, 어떻게 해서 알아볼 건데?"

"그런 거 간단하잖아. 찾아낸 정체불명 부대의 병사를

몇 명 정도 사로잡아서 캐내면 될 뿐이잖아."

"아, 아니. 그건 그럴지도 모르지만…… 그런 짓을 해도 되나? 만약 정말로 밀라 전하의 부하라면 나중에 문제가 되지 않나?"

세이야가 또다시 씨익 웃었다.

사악해 보이는 미소였다.

"정체불명의 부대지? 소속을 밝히지 않고 행동하는 쪽이 나쁘잖아. 군단기도 주기도 낼 걸지 않고 다른 주를 어슬렁거리고 있다니, 산적으로 오해받아도 할 말이 없는 행위지?"

"그건…… 그렇지만……."

"어쩌면 황태자 전하께 활을 겨누는 세력이 안브로우주를 빼앗고자 침공해 온 걸지도 모르고. 안브로우주를 맡은 사이파카르 전하의 부하인 우리가 방어 행동을 취하는 건 당연하지 않을까?"

"말은 하기 나름이군."

"머리가 있고 입이 있다면, 말하는 방식을 생각해서 입을 여는 건 당연하잖아."

"그럼, 그건 됐어. 하지만 말이다."

거기서 말을 끊은 자넷티는 세이야를 손짓으로 불렀다.

세이야가 자넷티가 탄 말 옆까지 다가가자, 그는 재빠르게 시선을 좌우로 돌려 살핀 뒤 상체를 굽히고 목소리를 낮추어 말을 이었다.

"우리가 거느리고 있는 건 알 아라 군단이 아니라고. 안 브로우주 병사들뿐이야. 그 녀석들이 명령대로 움직이겠어? 2백의 부대를 습격해서 사로잡을 수 있겠냐고?"

"뭐, 그건 어떻게든 할게."

"어떻게든 한다니, 어떻게 할 건데?!"

"조금 얍삽한 계략을 써 볼까."

"하아?"

의아해 보이는 자넷티를 향해 세이야는 한쪽 눈을 감아 보였다.

"계략이라고 할까, 미인계."

"하아아?"

눈을 휘둥그레 뜨고 있는 자넷티에게 아랑곳하지 않고, 세이야는 기마 중대 대장을 불렀다.

"브란멜! 잠깐 와줘!"

말에서 내린 브란멜이 뛰어왔다.

"예. 무슨 일이십니까, 세이야 님?"

"여자 기병은 몇 명 정도 있었더라?"

세이야의 질문에 당황한 브란멜이었으나, 대답하는 건 간단했기에 즉답했다.

"당 부대에는 여자 기병은 12명 있습니다."

"그럼 그 애들을 모아 줘. 그리고, 당신들은……."

세이야는 얼굴을 가까이 대고는 브란멜에게 무언가를 귓엣말했다.

주위에 있던 병사들이 그걸 부러운 듯이 보고 있다.

"알겠어? 무슨 말인지 이해됐지?"

"아, 넵. 잘 알겠습니다!"

"그럼, 우선은 여자 기병을 모아 줘."

"넵. 즉시."

그후 세이야는 중대장 네 명을 모았다.

"여자 보병은 몇 명 있어?"

그 질문을 듣고 각 대장은 자신의 부대에 있는 여성 병사의 인원수를 보고했다.

"제1중대에는 10명이 있습니다."

"제2중대는 15명입니다."

"제3중대는 12명 있습니다."

"제4중대에는 17명이 있습니다."

"그럼 그 애들을 곧바로 여기에 모아줘."

"아, 네?"

"안 들렸어? 여자 병사를 곧바로, 즉시, 서둘러서 여기에 모아 줘."

불문곡직인 세이야의 태도에 네 사람은 황급히 경례를 보내고 복창했다.

"옙! 잘 알겠습니다. 즉시 부대 소속 여자 병사를 모으겠습니다."

부관에게 지시를 보낸 중대장이 다시 집합하자, 세이야는 작전 전모를 네 사람에게 전달했다.

"……라는 거니까, 잘 해줘?"

"예. 그렇지만……."

"잘 해줘, 알았지?"

"아, 알겠습니다!"

세이야는 중대장 네 명이 자신의 부대로 뛰어 돌아가는 걸 손을 흔들며 지켜보고 있자, 자넷티가 불안해 보이는 얼굴로 가까이 다가왔다.

"너, 진심이냐?"

"물론. 상대가 어느 부대고, 본대가 어디에 있고, 뭐 하러 왔는지 등 신경 쓰이잖아?"

자넷티는 낮은 신음을 냈다.

"그야 뭐, 신경 안 쓰이는 건 아니지만."

"그럼, 괜찮잖아."

"괜찮으려나."

자넷티는 아직 고개를 갸웃하고 있지만 세이야는,

"문제없어, 문제없어."

라며 개의치 않았다.

"사이파카르 전하께 혼나면 내 책임인 걸로 하면 되니까."

그러자 자넷티는 선뜻 고개를 끄덕였다.

"그러면 괜찮네."

"우와아, 여전히 변함없이 최악이네, 부장관님은."

"시끄러. 지금까지 부하 꽁무니 뒤치다꺼리만 해 온 내 입장도 생각하라고."

"당신이 내 엉덩이를 닦아 준 기억은 없는데~?"

"부탁받아도 네 엉덩이 따위 안 닦을 거다."

"어쩜, 이리도 너무한 말투람!"

두 사람이 그렇게 옥신각신하고 있자.

여자 기병과 보병이 모여들었다.

"아, 왔다왔다. 그럼, 다들 이쪽으로 집합!"

"네."

세이야는 여자 병사를 데리고 본진 구석으로 이동했다.


7


"자, 정렬!"

세이야는 모인 여자 기병을 정렬시키고 점호를 불렀다.

기병이 12명.

보병은 54명이다.

"흐응. 의외로 좀 있네."

나란히 늘어선 여자 병사 중에서 익숙한 알 아라 군단 병사를 발견한 세이야는 그녀를 손짓하여 불렀다.

"지리오라, 잠깐 와봐~."

"네, 세이야 님."

부른 지리오라를 자기 옆에 세운 세이야는 집합한 여자 병사를 향해 자, 주목! 하고 손뼉을 쳤다.

전원이 차렷 자세를 취하고, 세이야 쪽으로 시선을 향했다.

"잘 들어~? 지금부터 너희들을 한 부대로 해서 작전 행동에 들어갈 거야~. 내가 지휘를 하겠지만, 부대장은 이 지리오라가 맡을 거야. 알겠니~?"

전원이,

"알겠습니다."

라고 대답하고 경례했다.

"너도 알겠지, 지리오라?"

지리오라도 자세를 반듯하게 고치고 세이야에게 경례했다.

"넵. 잘 알겠습니다."

지리오라의 얼굴에는 여자 부대 대장이라는 중책을 맡게 되었다는 자부심과 기쁨이 짙게 떠올라 있엇다.

"그럼, 벗어."

"……네?"

"응? 안 들렸던 걸까나~? 갑옷을 벗으라고 말했는데~? 벗는 김에 군무복도 벗으렴~."

"예에에에에?"

지리오라가 눈이 휘둥그레져서 펄쩍 뛰었다.

"무무무무, 무슨 말씀을 하시는 겁니까?!"

"그러니까. 지금부터 작전 행동에 들어간다고 했잖아. 그걸 위해서 벗으라고 말하고 있는 거야. 몇 번이나 말하지 않게 해주겠어?"

"하, 하지만……."

"설마 창피하다든가 싫다고는 말하지 않겠지~? 내가 솔선해서 벗고 있는데~."

'그그그, 그야 세이야 님은 언제나 벗고 계시니까 괜찮겠지만.'

"나만 벗겨 놓고 자기는 명령 무시하는 거야~? 그런 게 통할 거라고 생각하는 걸까나~, 지리오라는~?"

"저저저, 저기, 정말로 작전에 필요한 일입니까?"

"진짜야~. 내가 너한테 장난치려고 벗기려는 거라고 생각해~?"

"아아아, 아뇨, 그렇지는 않습니다, 마는."

"그럼, 빨리 벗어. 우물쭈물하고 있으면 명령 거부로 참형(斬刑)이니까 말이야? 벨 때는 전라로 벗긴 뒤에 대자로 고정해서 허리를 서걱!"

"벗겠습니다!"

지리오라는 곧바로 갑옷을 벗고 군무복 아래위를 벗었다.

주위 병사들의 시선이 피부에 꽂혀 아프다.

'언제나 저런 차림으로 태연하게 계시는 세이야 님은 대단해.'

다시금 지리오라는 그런 생각을 했다.

"저, 저기, 설마 이것까지 벗으라는 말씀입니까?"

지리오라는 비참한 얼굴로 자신의 가슴 가리개와 아래 속옷을 가리켰다.

가슴 가리개와 아래 속옷은 양쪽 다 감색이다.

병사의 경우 때가 눈에 띄지 않도록 검은색, 혹은 감색 아래 속옷을 입는 게 보통이었다. 덧붙여 여자의 경우 감색이나 검은색 가슴 가리개를 착용한다.

"설마아. 거기까지는 요구하지 않아~."

지리오라는 성대하게 안도의 한숨을 내쉬었다.

"그럼, 다음은 너희들도 다 벗으렴~?"

세이야의 그 말에, 그녀의 명령을 받아 마지못해 반라가 된 지리오라를 동정의 눈으로 보고 있던 나머지 여자 병사들이 가볍게 펄쩍 뛰었다.

"어라라? 설마 다들 남 일이라고 생각하고 있던 건 아니겠지~? 작전 지휘관인 나랑 부대장인 지리오라가 벗었는데, 자기들은 상관없다든가 그런 무른 생각을 하는 사람은 없겠지~?"

여자 병사는 전원이 이마에 비지땀을 흘리며 굳어졌다.

"자, 그럼 벗어. 바로 벗어. 빨리 벗어. 잘 벗어. 술술 벗어."

그렇게 말하고 일동을 둘러본 세이야는 손에 쥔 검을 힘차게 뽑았다.

"안 벗는 애는 참형. 전라로 대자로 누워서 허리를 서걱. 자, 스스로 반라가 되는 것과 전라로 벗겨져서 베이는 것 어느 쪽이 좋으려나~?"

모인 60명 남짓의 여자 병사는 즉시 옷을 벗기 시작했다.

"자, 벗었으면 정렬하고 점호. 보병은 9명을 소대로 해 둘까."

가슴 가리개와 아래 속옷 차림이 된 총 66명의 여성 병사가 정렬하자, 마찬가지로 가슴 가리개와 아래 속옷만 입은 지리오라가 기병과 보병으로 나누어 점호를 불렀다.

세이야는 지리오라 외 몇 명의 병사와 상담하여 소대장 여섯 명을 정했다.

"자, 그럼 기병은 말에 타. 보병은 창을 들고. 이제부터 행군할 거니까 말이야."

"저, 저기, 세이야 님, 대체 어디로? 아니, 그보다 이 차림으로 행군하는 겁니까?"

"당연하잖아. 이 차림으로 행군하기 위해 이 차림이 된 거야!"

지리오라의 얼굴이 기묘하게 일그러졌다.

그녀뿐만이 아니다.

집합된 여자 병사 전원이 비참한 듯이, 창피한 듯이, 의아한 듯이—개중에는 너무나 심한 처사라며 화내는 자도 있었다—말에 올라타 창을 손에 들었다.

말에 올라탄 세이야와 지리오라가 선두에.

이하 11명의 기병이.

그 뒤에 54명의 보병이 소대별로 뒤따르고 있다.

그 전원이 가슴 가리개와 아래 속옷뿐인 차림새인 것이

별나다고 할지 이상하다고 할지, 참으로 굉장한 광경이었다.

주위에 있는 남성 병사의 시선이 자신들에게 꽂히는 것을 알고 여자 병사는 다들 몸을 움츠리고 있지만, 세이야 단 한 명만은 말 위에서 등을 곧게 편 채 자신에게 꽂히는 시선을 아랑곳하지 않고 가슴을 펴고 있다.

"자아, 간다~? 전체 앞으로~!"

반라 지휘관이 이끄는 반라 여자 병사 부대가 일제히 전진하기 시작했다.

'이거야 원, 여전히 터무니없구만, 세이야 녀석은. 뭐, 나는 즐길 수 있으니까 좋다만. 그리고 남자 병사도 다들 즐거워하는 것 같으니까 좋지만. 그나저나, 괜찮으려나. 정체불명의 부대와 전투가 벌어지면. 상대가 정말로 밀라 전하의 부대라면. 나중에 말썽이 생기지 않으려나?'

그런 것들이 걱정되어 모처럼 반라의 여성 병사 부대가 행군을 시작했는데도, 마음 놓고 감상할 수가 없다고 생각하는 자넷티였다.


8


발견된 부대는 세이야와 자넷티가 상상했던 대로 밀라니에우스 휘하의 부대였다.

척후로서 몇 개의 부대가 안브로우주나 리엔체주로 보

내쳤는데, 이곳에 있는 2개 중대 2백도 그들 중 하나였다.

2개 중대를 이끄는 부대장 사포스는 숲 직전에서 부대를 쉬게 하면서, 이후에 어떻게 할지로 머리를 싸매고 있는 참이었다.

그가 받은 명령은 안브로우주의 상황을 살피고 오는 것, 그리고 가능하다면 주도 록서스 주변의 상황도 살피고 올 것, 이었다.

'여기까지는 문제없이 진행됐다. 하지만 이 앞, 록서스에 다가가는 건 아무리 그래도 주저하게 되는군. 안브로우주 병사에게 발견되어도 상관없다고 하셨지만. 오히려 발견 되면 상대의 반응을 확인할 수 있으니까 좋다고 하셨지만. 그래도 발견되면 적으로서 공격받을지도 모른다.'

척후 부대 대장으로서는 얻어낸 정보를 가지고 돌아가 보고하는 것이 최우선.

그건 상사에게서도 거듭 주의를 받은 것이었다.

무리를 하다가 보고를 가지고 돌아오지 못하게 되는 위험을 저지르지 마라, 라고.

'그렇다면, 슬슬 돌아가는 걸 생각해야 하나?'

그때, 주위에 풀어놨던 척후 소대가 속속 진영으로 돌아왔다.


"뭣이?! 안브로우주 기병으로 짐작되는 자가 언덕 위에 있었다고?!"

척후 소대의 보고를 들은 사포스의 눈썹이 치켜 올라갔다.

"예. 저쪽에 보이는 언덕 위에 확실히 몇 기의 기병이 있었습니다. 멀리서 본 것이기에 분명하게는 알 수 없었습니다만, 이런 곳에 있는 이상 안브로우주 기병이라고 생각됩니다."

"흠. 그렇다면 이쪽 부대의 존재도 발각되었다고 봐야 하겠군."

사포스는 생각에 잠겼다.

'상대가 10명, 20명인 척후 부대라면 문제없지만, 대대 규모의 일부라면 성가시다. 접촉하면 전투가 벌어질 위험도 있다. 이 근방에서 물러나는 게 좋을까?'

일단 사포스는 부관과 중대장 두 명을 불러들여 말에게 물이나 여물을 주는 작업을 중지시키고, 언제든지 움직일 수 있도록 대기하라고 명했다.

"그리고. 근처에 본대가 있을 가능성이 높다. 주위 상황을 방심하지 말고 살피게 해라."

"알겠습니다. 새로이 척후 소대를 몇 부대 보내 두겠습니다."

대장의 명령을 실행하기 위해 중대장이 그 자리를 떠났다.

"자, 그럼. 물러날 때는 물러나더라도, 어느 정도 규모의 부대가 움직이고 있는지, 숙련도는 어느 정도인지…… 정도는 봐 두고 싶군."

사포스가 그렇게 말하자 부관이 고개를 끄덕였다.

"그 말씀대로입니다. 안브로우주 군단은 로키신 전하의 거병에 따라 리엔체주 방면으로 진군하였을 터이니, 나타난 건 방어 부대이겠지만 말입니다."

"그럴 개연성은 높군. 그렇다고 한다면 많아도 대대 1개, 어쩌면 중대 규모일지도 모른다. 그렇다면 포위되고 말 위험성은 없지만."

'아니. 너무 욕심을 부리지 않는 편이 좋겠군. 만에 하나라는 경우도 있다. 일부만을 감시로 남기고, 역시 본대는 이 자리를 뜰까.'

그렇게 판단한 사포스는 부관에게 철수 준비를 시키도록 명했다.

숲속 물가에 있던 기병들이 분주하게 출발 준비를 시작했다.

숲 외곽에 있던 본진에서도 야전 탁자나 걸상을 걷어치워 짐마차에 실었다.

장기간에 걸친 정찰행이기에 식량 등은 자신들이 운반하여야 했으므로 부대에는 몇 대의 마차가 따라다니고 있다.

기병만이라면 도망칠 수 있는 상황이라도, 마차가 딸려 있다면 도망칠 수 없다.

마차를 두고 갈 수는 없는 노릇이기에 어느 정도까지 여유를 지니고 행동해야 했다.

그 사실이 사포스의 결단에 영향을 미치고 있다.

머잖아 척후로 보낸 소대가 잇따라 돌아왔다.

대부분의 부대는 '이상 없음'을 보고하였지만, 그중에 이해할 수 없는 보고를 한 부대가 딱 하나 있었다.

"이쪽으로 행군하는 부대가 있는 거냐?"

"예. 그것이……."

뭔가를 말하려 한 척후 병사의 말을 가로막고, 사포스는 다그쳐 물었다.

"규모는? 병참은? 무장은?"

"수 자체는 중대 1개에도 미치지 않습니다. 6, 70명 정도일 것으로 생각됩니다. 내역은, 기병이 약 20이고 나머지는 보병입니다."

"초계 부대치고는 적군. 하지만 척후치고는 많아."

사포스가 그렇게 중얼거리듯이 말하자, 부관이 응했다.

"대규모 척후일까요."

"아니…… 안브로우주에는 주 내부에 적 같은 건 없지 않나. 일부러 대규모 척후를 내보낼 이유가 없어."

아직 사포스 일행에게는 사이파카르가 록서스를 빼앗았다는 사실은 전해지지 않았다.

"설마, 우리를 적이라고 생각한 것일까요."

"조금 전에 본 척후 기병이 우리에 관해 보고하고, 그래서 대규모 척후 부대를 내보냈…… 인가. 그건 있을 법하군."

사포스는 보고하러 온 척후 병사를 향해 돌아섰다.

"그래서, 어느 정도의 무장을 하고 있었지?"

"통상적인 무장입니다. 기병은 검을 차고 있고, 보병은 창을 들고 있습니다. 적어도 임전 태세라고 할 정도의 수준은 아닙니다. 하지만……."

척후 병사가 머뭇거리는 듯한 기색을 보였기에, 사포스는 수상하게 여겼다.

"왜 그러느냐? 뭔가 이상한 일이 있었나?"

"예, 저기……."

척후 병사는 결심한 듯이 입을 열었다.

"행군하는 부대는 전원이 여성 병사입니다."

"뭐라고?!"

사포스와 부관은 서로 얼굴을 마주 봤다.

"그건 확실히 이상하군."

"그런 부대를 대규모 척후로 내보낼 거라고는 생각되지 않습니다. 대체 무엇일까요."

부관은 그렇게 말하고 고개를 갸웃했다.

"아니요, 이상한 건 이제부터가 진짜여서 말입니다."

척후 병사의 이해할 수 없는 말에 두 사람은 고개를 돌려 그를 똑바로 쳐다봤다.

"무슨 의미냐? 대체 뭐가 이상하다는 거지?"

"전원이 여성인 그 부대는, 전원이 알몸입니다!"

"……하? 지금…… 뭐라고 했나?"

"행군하는 부대는 전원이 여성으로, 게다가 전원이 갑옷은커녕 군무복조차 입고 있지 않습니다. 기병도 보병도 가슴 가리개에 아래 속옷 차림으로 행군하고 있습니다!"

사포스와 부관은 다시 한번 서로 얼굴을 마주 봤다.

'제정신인가, 이 녀석.'

'대낮부터 환각이라도 본 것일까요.'

입술을 움직여 그런 말을 나눴다.

'이런 보고를 했다간 제정신인지 의심받을 게 뻔해. 그래서 싫었는데.'

척후 병사는 그런 생각을 하며 필사적으로 호소했다.

"정말입니다! 정말로, 여성만으로 구성된 그 부대는 전원이 반라로 행군하고 있습니다. 의심되신다면 그 눈으로 확인해 주십시오!"

"아니, 의심은 하지 않지만…… 아무래도 거짓말 같다고는 생각해서 말이지."

사포스가 그렇게 말하며 완전히 의심쩍어하는 듯한 얼굴을 향했기에, 병사는 더욱더 필사적으로 뒷말을 이었다.

"저도 처음에는 제 눈을 의심했습니다. 하지만, 진짜입니다. 저뿐만이 아니라 저희 소대 대원도 전원이 확인하였습니다."

"전원을 바로 불러라."

"즉시 부르겠습니다."

그 자리를 뜬 척후 소대 대장은 곧바로 자기 부대의 병사를 데리고 돌아왔다.

사포스와 부관이 확인하자, 모든 이가 이구동성으로 대

장의 보고 내용을 긍정했다.

아무리 그래도 10명이 환각이나 백일몽을 봤다고는 생각하기 힘들다.

그제야 사포스도 보고가 진실일지도 모른다고 생각을 고쳤다.

하지만, 그렇게 되면.

"기병은 알몸으로 말에 올라타고, 보병은 알몸으로 창을 들고 걷고 있는 이유는 뭐지? 그 목적은 뭐냐?"

불려온 중대장 두 명과 부관은 사포스에게 그렇게 질문을 받아도 고개를 갸웃할 수밖에 없었다.

"무언가의 훈련일까요?"

부관이 고개를 갸웃하면서 겨우 그렇게 대답하자, 사포스가 야유하는 것처럼 말했다.

"알몸이 되어 행군한다니, 그건 무슨 훈련이냐?! 창부가 밤거리를 천천히 걷는 게 아니라고."

"아, 아뇨, 그렇게 말씀하셔도……."

중대장 중 한 명이 진언했다.

"상대의 목적을 분명히 알기 위해서도, 실제로 확인해 볼 필요가 있지 않겠습니까?"

그의 안에 음흉한 마음이 얼마나 있었는지는 알 수 없다.

하지만 사포스나 부관에게는 실제로 확인해 본다는 생각은 나쁘지 않은 것처럼 여겨졌다.

만약 척후 병사의 보고가 사실이라면.

'60명에서 70명의 반라 여성 병사의 행군이라는 그런 장대하고 매력적인 광경은 두 번 다시 볼 수 없을 테니까 말이지. 게다가 그런 기묘한 부대를 앞에 두고 철수해 버렸다가는, 나중에 상관에게서 문책을 들을지도 모르겠군.'

사포스는 그런 변명으로 자신을 납득시키고, 고개를 들어 힘차게 말했다.

"우리 임무는 안브로우주 내부 정찰이다. 안브로우주 군단의 배치나 병력, 움직임을 확인하는 것이다. 그런 기묘한 부대가 행군하고 있는 걸 간과하고 철수하는 건 임무 포기와도 다름없지."

"확실히."

"대장님의 말씀대로입니다."

"역시 확인해야만 하겠지요."

부관이나 중대장이 그런 찬동의 목소리를 냈다.

"그 부대는 가도를 따라서 오고 있나?"

척후 소대 대장은 아무래도 제정신을 의심받는 사태만큼은 면할 것 같다고 안도의 한숨을 내쉬며 대답했다.

"예, 종진 대형으로 가도를 따라서 이쪽을 향해 오고 있습니다."

사포스는 결단을 내렸다.

"좋아. 무슨 일이 있어도 대응할 수 있도록 부대에 임전 태세를 취하게 해라. 그 후, 행군하는 부대를 숲속에 숨어 확인한다."

부관이나 중대장이 옙, 하고 자세를 바르게 했다.

"그대로 지나치면 좋고. 뭔가 수작을 부려 올 것 같다면 그때의 대응은 그때 결정한다. 이상이다. 곧바로 부대를 숲 외곽에서 조금 들어간 곳에 배치하라. 숲속에 숨어 있으면 상대가 활을 쏴도 문제는 없다. 반대로 이쪽이 응사하면 간단히 쏴서 꿰뚫을 수 있다. 여하간 상대는 알몸이니까 말이다."

사포스가 그렇게 말하자, 주위에서 가벼운 웃음소리가 일었다.

"말에 **재갈**을 물리는 걸 잊지 마라! 좋아, 착수해라!"

"옙!"

"즉시 착수하겠습니다!"


이리하여 사포스 부대는 숲속에 숨어 반라 여성 부대의 접근을 기다렸다.


9


머잖아 언덕 너머에서 문제의 부대가 나타났다.

말에서 내려 숲속 나무줄기에 몸을 감춘 채 멀리서 바라보고 있던 사포스 부대 사람들은 눈을 휘둥그레 떴다.

'정말로 알몸이다! 기병은 반라로 말에 올라타고, 보병은 반라로 창을 들고 걷고 있어.'

그건 그것대로 가슴이 뛰는 광경이지만, 그러나 동시에 사포스 안에서 의구심이 부풀어 올랐다.

'하지만 무엇을 위해서 저런 짓을 하는 거지?! 영문을 모르겠군.'

행군해 온 부대는 숲의 꽤 앞쪽에서 정지했다.

무엇을 할 생각인가 싶어 사포스 이하 인원들이 자세히 살펴보고 있었더니.

부대는 훈련으로 여겨지는 행위를 개시했다.

반라의 기병은 말을 몰아 부근을 몇 번이고 왕복하고.

반라의 기병은 창을 거머쥐고 호령과 함께 내찌르거나 빼기를 반복했다.

"훈련을 시작했군요."

부관이 그렇게 중얼거리자, 사포스는 그래, 하고 고개를 끄덕였다.

"확실히 훈련이군. 그건 안다. 하지만."

고개를 끄덕인 뒤, 사포스는 몇 번이고 고개를 갸우뚱했다.

"어째서 기승 훈련이나 창 훈련을 하는 데 알몸이 되어야만 하는 건지 이해를 할 수 없군."

"뭔가의 처벌일까요?"

"으음. 그건…… 있을 법한가? 하지만, 처벌이라면 감독하는 자가 있겠지? 저 부대, 어떻게 봐도 여자밖에 없다. 덧붙여 전원이 반라다. 거기다 이런 아무도 없는 곳에서 훈련해도, 벌은 되지 않겠지."

"그렇, 습니까. 하지만, 그렇다고 한다면 대체……."

모든 이가 상대의 의도를 파악하지 못해 고개를 갸웃하고 있었지만, 갸웃하면서도 시선은 돌리지 않았다.

부대에 있는 소수의 여성 병사도 상대의 의도를 파악하지 못하고 있는 건 마찬가지라, 남성 병사와는 조금 다른 심정으로 훈련을 계속하는 반라 여성 부대를 어쩐지 기분 나쁜 듯이 쳐다보고 있었다.

그리하여 전원의 시선이 못 박혀 있는 사이에, 세이야 부대의 나머지 병력이 크게 우회하여 자신들이 숨은 숲으로 접근하고 있다고는 사포스 이하 누구도 알아차리지 않았다.

아니, 알아차리지 못했다.

그 접근을 발각당하지 않기 위한 반라 여자 부대였던 것이다.

세이야의 의도는 훌륭하게 먹혀들었다.

알아차렸을 때는, 이미 숲속까지 안브로우주 병사가 들어와 있었다.


10


갑자기 등 뒤에서 징이나 북이 울려, 사포스와 병사들은 기겁하여 펄쩍 뛰어올랐다.

"적이다!"

"적이 왔다!"

"말에 타라!"

"배후에 대비하라!"

말에서 내렸던 자는 황급히 말에 올라타고.

말에 타고 있던 자는 서둘러 말머리를 돌렸다.

징이나 북소리가 점점 숲속으로 가까워져 왔다.

하지만 나무들에 가려져 상대의 모습이 보이지 않는다.

"적은 어디냐?!"

"몇 명 있나?!"

기습을 받은 쪽에서 보면 적의 병력을 알 수 없다는 게 가장 큰 문제다.

어쩌면 자기들보다도 훨씬 많은 병력일지도 모른다고 생각하는 것만으로도, 병사는 안절부절못하게 된다.

포위당하면 전멸이라고, 나쁜 쪽으로 생각이 흘러간다.

보이지 않는 적에게서 받는 압박감을 견디지 못하고, 몇 명의 병사가 멋대로 움직이기 시작했다.

적을 확인하고자 제멋대로 담당 구역을 벗어나는 소대도 나왔다.

그렇게 되자, 전체를 통제할 수 없게 되었다.

간부나 부대 대장들은 병사의 동요를 억누르려 했지만, 그 간부나 대장들도 적 병력을 파악하지 못해서 도망치려 하고 있으니 병사를 억제할 수 있을 리가 없다.

"저쪽이다!"

"저 반라 부대라면 무찌를 수 있다!"

소대장 몇 명인가가 부하를 이끌고 멋대로 숲에서 나갔다.

숲 안쪽으로 간 자.

숲에서 나가는 자.

그 자리에 머물러 상황을 지켜보려 하는 자.

부대는 셋으로 분열되려 하고 있었다.

"대장님!"

"사포스 님!"

점점 혼란에 빠져 가는 부대를 참다못해, 부관이나 간부가 비명을 질렀다.

"이렇게 되면 어쩔 수 없다."

사포스는 숲을 나와서 저편에 있는 반라 여성 부대를 무찌르고 탈출하는 것을 선택했다.

"내 뒤를 따르라!"

사포스가 말을 몰아 숲에서 나가자, 주위 병사나 간부가 잇따라 뒤이어서 숲에서 뛰쳐나갔다.

그런데.

이미 반라 여자 부대는 후방의 언덕 위로 달려 올라가고 있는 참이었다.

그 언덕 위에서 병사의 그림자가 생겨났다.

올라가는 여자 부대와 교대하는 것처럼, 새로이 나타난 병사가 언덕 경사면을 달려 내려온다.

경사면 도중에서 멈춘 병사는 그 자리에서 활을 거머쥐고, 화살을 메겼다.

"쏴라!"

여자 부대를 무찌르고자 접근하는 기병들을 향해 화살이 발사됐다.

기병 몇 명이 낙마했지만, 아직 거리가 떨어져 있기에 피해는 그뿐이다.

하지만 이대로 접근하면 2사, 3사를 맞고 피해가 커진다.

실제로 제2사가 날아와 또 기병 몇 명이 낙마했다.

병사에게 맞지는 않은 모양이지만, 말에 화살이 꽂혀 쓰러졌기에 흔들려 떨어진 것이었다.

'구하고 있을 여유는 없다.'

사포스는 낙마한 병사를 무시하고 절규를 내질렀다.

"왼쪽으로 도망친다! 그쪽에는 적의 모습이 없다! 화살이 닿지 않는 장소까지 뒤도 돌아보지 말고 달려라——!!"

백 명 남짓 되는 기병이 왼쪽으로 진로를 변경하여 필사적으로 말을 몰았다.

"좋아. 적은 도망쳤다. 저건 내버려 둬도 된다. 낙마한 병사를 확보하는 거다!"

경사면 중턱에서 화살 공격을 하고 있던 세이야 부대의 일부를 이끄는 대장이 부하에게 명령했다.

그걸로 부대는 활을 거두고 가도와 연결된 곳까지 달려

내려왔다.

낙마하여 부상을 입은 적병을 몇 명 확보하자, 부대는 곧바로 되돌아갔다.

마찬가지로 숲속에서도 작은 전투가 일어나, 몇 명의 병사가 포박당했다.

도망치는 병사에게는 눈길도 주지 않고—그렇다기보다 일부러 놓아 줬다—세이야 부대는 확보한 적병을 데리고 그 자리에서 떠나갔다.

이후, 사로잡은 병사를 심문한 세이야는 그 부대가 밀라니에우스 황자의 중신이 보낸 척후 부대라는 것과, 밀라니에우스 군단 본대가 이미 리엔체주까지 닥쳐왔다는 것을 알게 됐다.

## 11

사이파카르가 빨리 자넷티가 오지 않으려나 하고 바란 다음 날, 세이야가 이끄는 부대와 함께 자넷티가 로트레몬으로 찾아왔다.

자넷티와 세이야 도착 보고를 받은 사이파카르는 안도의 숨을 내쉬었다.

"이것 참, 겨우 와 줬군. 이걸로 조금은 편해지려나."

완전무장한 프레이야와 그라우쿠스를 거느린 사이파카

르는—그는 경장 갑옷을 착용하고 있었다—행정 청사를 나와 대대 본진까지 나갔다.

갑자기 도시로 들어가면 주민을 불안하게 만들지도 모른다고 생각한 자넷티는 세이야에게 말해 교외에 진을 치게 한 것이다.


안내받은 사이파카르가 본인에 얼굴을 내밀자, 자넷티와 세이야가 맞이했다.

"오랜만에 뵙습니다, 전하. 건승하신 것 같아서 무엇보다 다행입니다."

"자넷티도 수고 많았어."

그는 통소매 상의와 통바지 위에 경장 갑옷을 착용하고 있어 어딘지 모르게 움직임이 갑갑해 보였다.

한편 세이야는 한없이 가벼운 몸놀림으로 사이파카르를 향해 고개를 숙였다.

"오랜만이네요, 전하. 변함없이 별이 전하의 미래를 밝게 빛내고 있어요. 경사스러운 일이네요."

세이야의 몸놀림이 가벼운 것도 당연해서, 그녀는 가슴과 다리 사이를 간신히 가리는 작은 천조각을 입고, 거의 비쳐 보이는 얇은 옷을 걸치고 있을 뿐이었다.

'진중 위문을 온 여행자 무희로밖에 보이지 않는군.'

하지만 그런 세이야의 뒤에 완전무장한 병사가 죽 늘어서 있으니까, 여전히 위화감이 장난 아니었다.

"아~~, 세이야, 그 차림으로 부대를 지휘하고 온 거야?"

"물론이에요? 뭔가 난처했나요?"

"으음~~."

사이파카르가 팔짱을 끼고 세이야와 주위 참모, 병사들을 비교하고 있었더니.

"아니, 전하, 이 녀석 도중에 엄청난 짓을 저질러서 말이죠. 알몸으로 지휘하는 것 정도는 소동 축에도 안 들어갔었다고요."

사이파카르가 안 좋은 예감을 느끼고 미간을 찌푸렸다.

"무슨 소동이 있었길래?"

"그게 말입니다."

정체불명의 척후 부대를 반라 여성 부대로 낚아 방심시켜 놓고 급습하여 몇 명의 포로를 얻은 것을 자넷티가 재빠르게 설명했다.

장본인인 세이야는 새치름한 얼굴로 고개를 돌리고 있을 뿐이다.

"……그런 일이 있었던 겁니다. 심하지요?"

설명을 끝낸 자넷티가 그렇게 말하고 세이야를 손가락으로 가리켰다.

"한번 호되게 꾸짖어 두는 편이 좋지 않겠습니까?"

사이파카르 뒤에서 대기하고 있는 프레이야도 눈살을 찌푸리며 비난하는 듯한 시선으로 세이야를 쳐다봤다.

그런데, 사이파카르는.

"아하하하하하."

갑자기 배를 부여잡고 웃기 시작했다.

"그건 걸작이네. 척후 부대 대장도 병사도, 놀라서 허둥거렸겠지."

"웃을 일이 아닙니다, 황자님."

프레이야가 눈썹을 치켜세웠다.

"그런 파렴치한 짓을 우리 병사에게 시키다니, 언어도단입……."

그렇게 말하며 화내는 프레이야를 사이파카르는 자, 자, 진정해, 하고 말렸다.

"이쪽에 한 명도 희생을 내지 않고 정체불명 부대의 병사를 사로잡은 거야. 대단하다고 생각해. 그리고 이런 비상시에는 수단의 옳고 그름은 따지지 않아도 괜찮다고 생각하고 말이야."

"괜찮습니까?!"

"반라 여자 부대가 있다면, 내 밑에서 일하고 싶다며 병사로 지원하는 사람도 나올 테고."

"그걸로 괜찮은 것입니까?"

프레이야는 지을 수 있는 최대한으로 한심한 듯하다는 표정을 지었다.

"뭐, 그건 농담이지만. 그래도 세이야의 판단은 잘못되지 않았다고 생각해. 그래서."

사이파카르는 새치름한 얼굴로 딴 곳을 보고 있는 세이

야를 향해 돌아섰다.

"그 녀석들은 어디 소속 부대였지? 뭐, 대략 상상은 가지만."

고개를 돌린 세이야는 후훗, 하고 엷게 웃었다.

"전하께서 상상하신 대로일 거예요. 네, 그 녀석들은 제3황자 밀라니네우스 전하의 부하였습니다. 그리고 밀라 전하의 본대는 이미 리엔체주까지 다가와 있다는 것 같아요."

사이파카르의 표정에 그늘이 졌다.

"역시 그런가."

"밀라니에우스 전하의 움직임, 생각한 것 이상으로 빠르군요."

자넷티가 그렇게 말했다.

"그러네. 아마 형님은 아무것도 하지 않았을 거라고 생각하지만. 지금쯤도, 흔들리는 마차 안에서 책을 읽고 계실 뿐이지 않을까."

사이파카르는 그렇게 말하고 조금 표정을 풀었다.

"뭐, 됐어. 형님에 대한 대응은 조금 더 앞날의 이야기야. 지금은 눈앞의 사안을 정리해 나가자."

사이파카르는 그렇게 말하고 세이야 뒤에서 대기하고 있는 대대 간부들 쪽을 향해 돌아섰다.

"너희들도 수고가 많았군. 고맙다."

황자가 직접 말을 건네주자, 간부들은 감격한 얼굴로 등을 쭉 폈다.

지금까지 로키신에게서 이런 식으로 따뜻한 말을 건네받은 적이 없었으니까, 더더욱 그렇게 느낀 것일지도 모른다.

"감사합니다. 앞으로도 무엇이든 분부해 주십시오."

"그런가. 그러면 사양 않고 명령하도록 할 테니까 말이야."

"맡겨 주십시오!"

"이 비상사태를 내버려 두면 안브로우주는 주변 여러 세력의 각축장이 되고 말 우려가 있어. 그것만큼은 저지해야만 해. 나는 그렇게 생각 중이야."

사이파카르의 말에 간부나 병사들이 고개를 크게 끄덕였다.

그들에게 안브로우주는 자신들의 고향인 것이다.

다른 주의 병사들에게 짓밟히는 건 참을 수 없는 일이다.

"그래서 나는 당분간 안브로우주의 동쪽 절반을 통치하기로 했어. 이웃 주의 혼란을 보고도 못 본 척할 수는 없으니까 말이야."

보고도 못 본 척은커녕 자신의 지배하에 넣기 위해 로키신을 치려고 한 것이니까, 제아무리 사이파카르라도 자기가 말해 놓고서 내심 쓴웃음을 금치 못했다.

하지만 병사들은 어디까지나 진지한 얼굴로 고개를 끄덕였다.

"너희들은 안브로우주의 병사이니까, 각 도시의 수비 부대에 안면이 있는 사람이 많겠지. 그런 연고를 사용해서 다른 도시가 쓸데없는 저항을 하지 않도록 설득해 줬으면 해."

"옙. 잘 알고 있습니다."

"세이야."

"네에~?"

"중부에 있는 다른 도시에 지인이나 동료, 친족 등이 있는 병사를 선발해 주지 않겠어? 사자로서 각 도시에 파견하고 싶어."

프레이야와 그라우쿠스가 이끌고 온 건 알 아라주 군단.

안브로우주의 도시에 지인이 있는 사람은 거의 없다.

안브로우주 병사로 구성된 1개 대대를 이끌고 있던 리리는 이미 되돌아가서 이곳에는 없다.

그렇게 되면, 이 역할은 세이야가 이끌고 온 부대의 일이었다.

"알겠어요~."

세이야는 느긋하게 사이파카르를 향해 경례를 보냈다.


이 뒤에 세이야가 선발한 병사들이 각 도시로 파견되는데, 그 효과는 어마어마했다.

안면이 있는 동료나 친구·지인이 찾아와 사이파카르 산하에 들어갈 것을 설득하면, 일은 쉽사리 진행되었다.

별반 대부대를 움직일 필요도 없다.

실제로 사자를 맞아들인 안브로우주 중부의 도시는 바람에 나부끼는 풀처럼 사이파카르에게 성문을 열고 공순(恭順)의 뜻을 표시한 것이었다.

이리하여 사이파카르는 게체가 필사적으로 안브로우주 서쪽 절반을 빼앗고 있는 사이에, 고생하지 않고 로트레몬과 그 주변을 제압할 수가 있었던 것이다.

그 무렵에는 몇 번인가 사자를 보냈던 게체와의 이야기도 정리되어, 사이파카르와 레프리가스 장군과의 회담이 이루어지게 되었다.

## 12

자넷티는 동변경주 장관이었던 만큼, 안브로우주 군단 간부나 고급 관료에 지인이 몇 명이나 있었다.

그는 이곳 로트레몬의 집정관도 알고 있었다.

자넷티는 로트레몬에 도착한 뒤 그를 불러 협력을 부탁하고, 사이파카르가 꺼낸 정책 실현을 향한 체제를 구축하기 시작했다.

그렇지만, 너무 공공연하게 할 수는 없다.

사이파카르의 정책을 실현하는 것은 즉 안브로우주를 확실하게 사이파카르의 것으로 만드는 것이니, 눈에 띄면 제도 측의 주목을 받게 된다.

표면상으로는 어디까지나 로키신의 모반으로 혼란에 빠

진 안브로우주를 사이파카르가 일시적으로 맡고 있을 뿐인 것이다.

공격하여 함락시킨 게 아니기에 군 간부는 어쨌건, 각각의 도시 관리는 다친 자가 거의 없이 사이파카르 산하에 들어와 있었다.

이건 의미가 컸다.

관리들에게 있어 위에 서는 자가 누구인가 하는 것은 그다지 큰 의미를 지니지 않는다.

일을 하는 환경과 일을 할 동기 부여를 잘 갖춰 주면 그 전까지와 똑같이 일하는 법이다.


이렇게 안브로우주 동쪽 절반을 자신의 세력에 편입하는 작업에 매진하고 있던 사이파카르에게 낭보가 도착했다.

리리가 두토스 군단을 귀순시키는 데 성공했다는 낭보가 말이다.

두토스 본인도 반쯤 그것을 기대하여 5천을 유지하고 있었던 것이니, 리리의 제안은 그의 입장에서 보면 마침 기다렸던 제안이었다.

그렇지만 처음에는 약점을 잡히지 않도록 떨떠름한 태도를 보였던 두토스였으나, 그 정도는 리리에게 간파당하고 있었다.

안면이 있는 사이였던 리리에게 설득당하고, 을러져서, 마침내 그는 고뇌 끝에 결단을 내렸다(는 태도를 부하에게 보였다).

리리가 제시한 조건은.


· 병사는 물론, 두토스와 마르티더스, 그리고 두 사람의 참모도 문책하지 않음.

· 두토스와 마르티더스의 처우에 관해서는 다시금 사이파카르가 결정함.

· 그때, 리리는 두 사람이 새로운 안브로우주 군단에서도 군단장을 맡을 수 있도록 사이파카르에게 조언함.

· 군단 편제에 관해서는 사이파카르에게 일임함.


등이었다.

두토스와 마르티더스를 동반한 리리는 록서스에는 들어가지 않고, 도중에 두르도르 장군이 이끄는 2개 군단과 합류하여 로트레몬에 향하기로 했다.

두토스 군단을 록서스에 접근시키면 잠재적인 친 로키 신파가 무언가 좋지 않은 일을 생각할 가능성도 있다.

그래서 리리는 주의해서 나쁠 건 없다고 생각하고, 5천을 그대로 로트레몬까지 끌고 가 사이파카르에게 알현시키려 한 것이었다.


13

리리에게서 두토스 군단 5천을 데리고 로트레몬으로 향한다는 보고를 받은 사이파카르는 아주 약간 예정을 변경하기로 했다.

레므리가스 장군과의 회담은 로트레몬에서 서쪽으로 조금 간 곳에 있는 로덴트라는 도시 교외에서 가지기로 되어 있다.

그 주변이 사이파카르와 레므리가스가 서로 점령한 지배 지역의 경계에 해당하는 것이다.

로덴트는 사이파카르 진영에 들어갔지만, 그 서쪽에는 리엔체주 군단이 전개하고 있었다.

즉 게체는 사이파카르 세력이 그 이상 서진하면 군사력으로 저지하는 것도 마다하지 않겠다는 자세를 선명하게 드러낸 것이다.

서쪽 절반을 수중에 넣고 레므리가스도 다소 태세가 강경해진 것일지도 모른다.

사이파카르는 그런 그에게 못을 박아 두고자 생각한 것이다.

그는 리리가 데리고 오는 두토스 군단 5천을 그대로 레므리가스와의 회견장까지 데리고 가려고 했다.

두르도르의 1만과 프레이야, 그라우쿠스의 2천에 리리의 8백.

거기에 두토스 군단 5천을 합치면 1만 8천 가까이 된다.

그만한 병력을 갖추면 레므리가스나 게체에게 상당한

압력을 줄 수 있다는 것이 사이파카르의 판단이었다.

페리지아주 군단이라는 다른 주의 군단을 거느리고 있는 데다, 항복한 참인 안브로우주 군단마저도 복종시키고 있다는 사실은 사이파카르의 재빠른 일처리와 능숙한 수완을 돋보이게 해줄 터다.

가능하다면 레므리가스 장군도 아군 진영으로 끌어들이고 싶다.

그렇게 생각한 사이파카르는, 레므리가스에게 자신의 우위성을 인상 지어 두고자 한 것이다.

먼저 회견장을 설영(設營)하고 있던 레므리가스와 게체는 다가오는 사이파카르군을 멀리서 바라보고 있었는데, 머잖아 거기에 나부끼고 있는 깃발 종류를 알아차리더니 서로 얼굴을 마주 봤다.

"이봐, 게체. 정말로 페리지아주기가 나부끼고 있다."

"그렇, 군요. 게다가 저 많은 수. 우익을 진군해 오는 부대는 거의 전부가 페리지아주 병사인 것 아닙니까?"

"그렇다고 한다면, 가볍게 1개 군단 이상은 된다는 말이라고. 잠깐 응원하러 왔다는 수준이 아니란 말이다."

레므리가스가 그렇게 말하고 낮게 신음하자, 게체가 고개를 크게 끄덕였다.

"그야말로 그렇군요. 사이파카르 전하께서 말씀하신 것, 즉 페리지아주 장관 두르도르 장군에게서는 전면적인 협력을 얻어냈다는 이야기는 과장도 허세도 아니었다는 것입니다."

자신들이 살아남기 위해서는 누구에게 붙는 게 좋을 것인가를 명제로 삼고 있는 레므리가스 안에서, 사이파카르의 비중이 늘어난 건 확실했다.

이 시점에서 다른 주의 군단을 움직일 수 있을 만한 입장에 있는 건 제도의 황태자를 제외하면 달리 눈에 띄는 사람이 없다.

제4황자 로키신도 자기 주의 군단만으로 궐기하고, 궐기 후에 다른 주에 호소했다.

하지만 결국은 그게 잘 풀리지 않아 그의 궐기는 실패한 것이다.

제도에는 무단으로 다른 주를 점령하기 시작한 미코노스 형제도, 움직이고 있는 건 자기 주의 병사들뿐이리라.

어쩌면 제3황자 밀라니에우스의 군에는 다른 주의 병사가 참가하고 있을지도 모르지만, 이렇게까지 공공연하게, 이렇게까지 대규모로는 아닐 터다.

그걸 생각하면 이렇게 당당히 페리지아주 군단을 거느리고 있는 사이파카르는─동맹 관계인지, 아니면 단순한 협력관계인지, 혹은 언제든 쓸 수 있는 패인지 내실은 알 수 없지만─예외 중의 예외라고 할 수 있을 듯하다.

동변경주라는 제국 땅끝에 있는 사이파카르가 어떻게 하면 그런 대담한 행위를 할 수 있는지, 레므리가스도 게 체도 도저히 짐작이 가질 않았다.

어느새 두르도르 장군과 이야기를 나누고, 어떻게 해서 그를 아군으로 끌어들인 건가 하며 고개를 갸웃할 뿐이었다.

고개를 갸웃하던 레므리가스는 곧 큰 한숨을 내쉬었다.

"흠. 사이파카르 전하는 어쩌면 진짜일지도 모르겠군."

그러자 이미 사이파카르와 이야기를 한 적이 있는 개체가 몸을 내밀었다.

황자 본인과 이야기했을 때의 경험으로, 개체는 사이파카르를 높게 평가하고 있었다.

그래서 그는 가능하면 레므리가스가 사이파카르 진영에 가세하길 바라고 있는 것이다.

"장군께서도 이번에 전하와 직접 이야기를 나누신다면, 그분의 능력이나 됨됨이를 아실 수 있을 겁니다."

레므리가스는 생각에 잠긴 얼굴로 그렇군, 하고 대답했다.

"한두 번 슬쩍 속을 떠보는 것도 좋을지도 모르겠어."

이리하여 리엔체주 장관인 레므리가스 장군은 좋은 기회이니 자신의 손으로 사이파카르의 능력이나 사고력을 헤아려 주겠다는 계획을 가슴에 품으며 황자와의 회담에 임하게 되었다.

# 제4장
# 치열한 탐색전

# 1

로덴트 서쪽에 펼쳐진 평원에 사이파카르가 이끌고 온 부대와 레므리가스가 이끌고 온 부대가 진을 치고 있다.

양자의 진 중간쯤에 두 사람의 회견 장소가 설영되어 있었다.

많은 천막이 몇 개나 설치되고, 레므리가스 직속 부대가 주변 경계에 임하고 있다.

그곳에 프레이야가 이끄는 친위대—이번 회견을 위해 급조한 부대였지만—50과 그라우쿠스가 이끄는 경호 부대 1백을 거느린 사이파카르가 말에 타고 왔다.

천막 중에서 가장 큰 것 앞까지 나아가자, 사이파카르의 도착을 기다리고 있던 레므리가스의 부관 게체가 나왔다.

"어서 오십시오, 사이파카르 전하. 기다리고 있었습니다."

공손하게 고개를 숙인 게체에게 사이파카르는 가볍게 손을 들었다.

"여어, 게체."

사이파카르는 오른발을 등자에서 떼고 사뿐히 말에서 내렸다.

"아, 황자님. 기다려 주십시오."

프레이야도 황급히 말에서 내렸다.

프레이야는 자기나 그라우쿠스를 대동하지 않고 단독으로 게체 앞에 나서는 사이파카르에게서 위태로움을 느꼈다.

혹시 만에 하나라도 레므리가스가 황자를 암살하려고 한다면, 지금만큼 좋은 기회는 없다.

암살까지 생각하지 않더라도, 포박하여 황자의 군세를 무력화하는 것을 꾀할지도 모른다.

그런데도 사이파카르는 아무런 경계도 하지 않고 장군의 부관에게 가까이 다가가니, 친위대 대장인 프레이야로서는 도저히 참기 힘든 일이다.

무엇보다 여기서 레므리가스가 자신에게 위해를 가할 이유도 동기도 없다는 걸 알고 있는 사이파카르 입장에서 보면 딱히 경계할 필요도 없는 것이지만, 언제 어떠한 때라도 경계를 게을리하지 않고 아군이어도 방심은 금물이라고 말하는 프레이야가 초조해하는 것도 무리는 아니었다.

그렇지만 사이파카르는 그런 프레이야의 걱정을 제쳐놓고 게체 앞에 서더니,

"오랜만이네."

라고 말하며 그를 향해 오른손을 내밀었다.

"그 정도로 오랜만인 것도 아니라고 생각합니다만."

게체는 그렇게 대답하면서 황송한 태도로 사이파카르의 오른손을 잡았다.

"그때는 신세를 졌습니다. 사이파카르 전하의 교시(敎示) 덕분에 이렇게 이곳까지 올 수 있었습니다. 저의 주군도 전하께 예를 표하고 싶어서 만전의 준비를 기하고 기다리

고 있습니다."

"만전의 준비라니⋯⋯."

게체의 말에 사이파카르는 쓴웃음을 지었다.

"그러면 만전의 준비를 하고 기다리는 장군한테 안내해 주겠어? 아아, 그렇지. 그전에."

사이파카르는 쫓아온 프레이야와 그라우쿠스를 게체에 게 다시금 소개했다.

"친위대 대장인 프레이야⋯⋯ 는 알고 있던가?"

"예. 록서스를 찾아갔을 때, 뵈었습니다."

게체는 그렇게 대답하고 프레이야에게 고개 숙여 인사 했다.

"그때는 신세를 졌습니다."

프레이야가 공손하게 답례했다.

"아뇨아뇨, 이쪽이야말로."

"그리고, 그쪽의 큰 녀석이 그라우쿠스."

"그라우쿠스입니다. 잘 부탁하지요."

게체는 재빠르게 그라우쿠스의 발치부터 머리까지 시선 을 이동했다.

'크군. 이 거한은 본 적이 있다. 확실히, 회견 때 전하의 뒤에 서 있던 경호 병사 중 한 명이지 않았던가? 단순한 병사가 아니라 대장급이었던 건가. 뭐, 그렇겠지. 이 박력, 여간내기가 아니다.'

게체는 그런 생각을 하며 마주 인사했다.

"레므리가스 장군의 부관을 맡고 있는 게체입니다. 이후, 잘 부탁드립니다."

게체가 머리를 숙이자 프레이야와 그라우쿠스도 다시금 정중하게 인사했다.

"그러면 장군이 있는 곳으로 안내해 주실까."

"이쪽입니다."

게체는 경호 병사들 사이를 지나 걷기 시작했다.

쌍방 모두 회견장에 데리고 오는 병사는 150명까지로 정해 놓았기에 리엔체주 쪽 병사도 그렇게 많지는 않지만, 완전무장한 병사 앞을 걸어가는 것이니, 황자 뒤를 따르는 프레이야나 그라우쿠스도 긴장하지 않을 수 없는 노릇이었다.


2


두 사람의 긴장과는 대조적으로 걸음을 옮기는 사이파카르의 발걸음에는 여유가 있었다.

장막으로 구역이 나누어진 통로를 걷고 있던 게체는 이윽고 가장 큰 천막 앞에서 발을 멈추고, 출입구에 서 있는 병사에게 말을 걸었다.

"사이파카르 전하께서 도착하셨다."

그 목소리를 듣고, 경호 병사는 천막 안을 향해 큰 목소리로 외쳤다.

"사이파카르 전하께서 도착하셨습니다!"

곧바로 출입구의 현수막이 걷히고, 남자 한 명이 밖으로 나왔다.

한층 훌륭한 갑옷을 착용한 그 남자가 바로 리엔체주 장관, 장군 레므리가스다.

평균적인 남자보다도 키가 조금 더 큰 정도로, 체격적으로는 그렇게 눈길을 끄는 것도 없다.

머리카락은 가지런히 짧게 깎여 있고, 얼굴 생김새도 온화하다.

주위 사람을 압도하는 듯한 박력은 느껴지지 않는다.

하지만 눈매만큼은 날카롭고, 눈동자에는 방심할 수 없는 빛을 띠고 있었다.

"잘 와 주셨습니다, 사이파카르 전하."

나타난 레므리가스는 허리를 깊이 숙였다.

"바깥에서는 뭣하니, 안으로 드시죠."

레므리가스는 몸을 한 걸음 뒤로 빼고 출입구를 가리켰다.

사이파카르도 아무리 그래도 여기서는 가장 먼저 천막에 들어가려고 하지 않는다.

안에는 몇 명의 병사가 있는지 알 수 없다.

최악의 경우 검을 뽑고 황자를 기다리고 있을지도 모른다.

그 가능성은 거의 없다고 생각하지만, 레므리가스 측이

천막을 설치해서 이곳에서 기다리고 있었다면 뭔가 농간을 부려 놨을 가능성을 배제해서는 안 됐다.

사이파카르가 선두에 서서 안에 들어가는 건 너무 경솔하다.

오히려 선두에 서서 안에 들어가려고 했다가는 레므리가스는 실망할 것이다.

우선은 총대장의 안전을 도모한다.

그건 전시에서는 기본 중의 기본이다.

사이파카르는 여기선 총대장에 걸맞는 신중함과 주의 깊은 면모를 레므리가스에게 보여줄 필요가 있었다.

사이파카르는 프레이야와 그라우쿠스를 향해 눈짓했다.

안에 들어가 안전을 확인하도록, 이라는 의미다.

곧바로 두 사람이 사이파카르 앞으로 나섰다.

"먼저 들어가도록 하겠습니다."

프레이야가 레므리가스를 향해 그렇게 말하자, 그는 대범하게 고개를 끄덕였다.

자칫 잘못하다가는 무례한 태도로 받아들여질 수도 있지만, 레므리가스는 나를 의심하고 있는 건가?! 라며 화를 내거나 하지는 않았다.

'전하가 제대로 된 판단력의 소유자라 다행이군.'

이라고 생각할 뿐이었다.

그는 약간 빈정대는 느낌으로 대답했다.

"부디. 실컷 내부의 안전을 확인해 주십시오."

그걸로 사이파카르 쪽도 자신이 내부의 안전을 확인하고 싶다고 생각하는 것을 레므리가스가 인정했다…… 는 것을 알았다.

사이파카르와 레므리가스 사이에서는 회담이 개시되기 전부터 이미 치열한 탐색전이 이루어지고 있었던 것이다.

리리가 이 자리에 있다면 제법 유쾌한 배짱 응수로구만, 하고 웃었을지도 모른다.

앞으로 나온 두 사람은 그라우쿠스→프레이야라는 순서로 앞뒤로 나란히 서고, 그라우쿠스가 천막 입구의 현수막을 걷었다.

두 사람은 평소 사용하는 무기를 가지고 있지 않다.

두 사람의 무기는 너무 위압적이라 '황자와 주 장관의 우호적인 회담' 자리에는 그다지 어울리지 않는다.

프레이야는 평범한 창을 가지고 있을 뿐이고, 그라우쿠스도 약간 큰 검을 허리에 차고 있을 뿐이었다.

친위대장인 프레이야가 아니라 그라우쿠스가 앞에 서 있는 건 최악의 경우를 생각해서 그런 것이다.

만약 천막에 들어간 순간 안쪽 병사에게서 공격을 받았을 경우, 예를 들어 화살을 쏘았을 경우 프레이야→그라우쿠스 순서라면 두 사람 모두 화살에 맞을 우려가 있다.

하지만 그라우쿠스→프레이야 순서라면 화살은 그라우쿠스의 거구에 가로막혀 프레이야에게는 닿지 않는다.

가령 그라우쿠스가 부상을 입어도 상처가 없는 프레이

야가 반격할 수 있는 것이다.

역전의 용사인 프레이야와 그라우쿠스다. 그 정도는 일일이 이야기하지 않아도 찰떡궁합 같은 호흡으로 서로 이해하고 있었다.

천천히 현수막을 걷은 그라우쿠스는 신중하게 상반신을 천막에 넣고, 안쪽의 상태를 살폈다.

'내부의 병사는 사전 약속대로 20명…… 인가. 검을 뽑고 있는 자는 없다. 딱히 살기도 느껴지지 않는다. 달리 숨어 있는 녀석도 없군.'

그것만을 재빠르게 확인한 그라우쿠스는 뒤에 있는 프레이야를 향해 문제는 없다, 라고 눈짓을 하고는 그대로 앞으로 걸음을 옮겼다. 그의 거구가 천막 안으로 사라지자 교대로 프레이야가 입구까지 나아가 현수막을 걷은 채 몸을 비스듬히 기울여 사이파카르 쪽으로 고개를 향했다.

"황자님, 들어가 주십시오."

그러고 나서 프레이야는 황자의 뒤에 늘어서 있는 병사를 향해 손을 들고 외쳤다.

"20명, 황자님 뒤를 따르라!"

미리 지명해 둔 병사 20명이 앞으로 나와 황자의 뒤에 정렬했다.

사이파카르는 레므리가스와 게체에게 가볍게 손을 들고는, 가벼운 발걸음으로 걸어가 프레이야 뒤를 따라 입구를 지났다.

그 뒤로 병사 20명이 2열 종대가 되어 정연하게 걸음을 옮겨 천막 안으로 들어갔다.

'과연, 전하도 그 신하도 제법 대단하군.'

사이파카르나 신하의 거동을 자연스럽게 관찰하고 있던 레므리가스는 크게 감탄했다.

'게체의 말은 잘못되지 않았다. 전하는 얼간이 황자가 아니라는 것이 분명해졌다. 하지만, 얼간이가 아니라는 것만으로는 아군이 될 수 없다. 자, 내게 수완가라는 점을 보여다오. 내가 아군이 되고 싶어질 만한 이야기를 들려다오.'

내심 은밀하게 그런 생각을 하며, 레므리가스는 사이파카르를 쫓아 천막 안으로 들어갔다.


3


큰 천막 중앙에 커다랗고 긴 탁자가 놓여있다.

그 긴 탁자를 사이에 끼고 오른쪽에 사이파카르, 프레이야, 그라우쿠스가 앉고, 왼쪽에는 레므리가스, 게체, 그리고 리엔체주 군단의 군단장 필두격인 가이우스라는 남자가 앉았다.

사이파카르는 경장갑을 착용하고 있다.

그 외의 다섯 명은 아무리 그래도 투구까지는 쓰고 있지 않았지만, 완전무장한 차림새였다.

각자의 뒤에는 20명의 병사가 직립 부동자세로 나란히

늘어서 있다.

일단 자리에 앉은 게체가 일어서서 개회 인사말을 했다.

"그러면, 선제 폐하의 제6황자이신 사이파카르 전하와 리엔체주 장관인 장군 레므리가스의 회담을 시작하고자 합니다. 진행은 이 게체가 맡도록 하겠습니다."

게체는 그렇게 말하고 사이파카르를 향해 깊숙이 고개 숙여 인사했다.

사이파카르는 거기에 가볍게 오른손을 들어 마주 인사 했다.

"그래, 잘 부탁할게. 게체."

게체는 다시 한번 가볍게 고개를 숙이고는,

"저의 주군, 레므리가스로부터 전하께 드릴 이야기가 있습니다."

라고 말하며 장군을 가리켰다.

사이파카르가 대범하게 고개를 끄덕이자, 게체는 조용히 착석하고 교대로 레므리가스가 일어났다.

"이번에는 로키신 전하의 모반을 이렇다 할 전투도 하지 않고 가라앉히셨다는 듯하여, 매우 경축드리는 바입니다."

사이파카르로서는 잘됐다고도 경사스럽다고도 말하기 어렵기에,

"으음~, 축하해도 좋을지 어떨지는 미묘하지만 말이야."

그렇게 대답하는 걸로 그쳐 두었다.

그 대답에 레므리가스는,

"겸손하시군요."

라고 말했다.

"이번 모반 진압으로 전하께서는 만천하에 그 이름을 널리 알리셨습니다. 그 존재를 나타내셨습니다. 그것이 바로 경사스러운 일이 아니고 무엇이겠습니까?"

황태자를 위해 일하고 있다는 입장을 취하는 사이파카르는 그의 이 말에는 고개를 끄덕이지 않는다.

절대로 끄덕여서는 안 된다.

"그렇지 않아. 이 정도의 일은 누구라도 해. 밀라니에우스 형님이나 치체리아나 누님이라면 더욱 능숙하게 해냈을 거라고 생각하는데."

밀라니에우스는 몰라도, 치체리아나 황녀라면 가능할 거라고 생각하는 것은 사이파카르의 본심이었다.

"아니면, 그래. 빌더발더스 상장군 정도라면 간발의 틈도 주지 않고 쳐부수지 않았을까. 그렇긴 해도 그는 지금 동쪽으로 가 버린 듯하니까 달려오고 싶어도 달려올 수 없겠지만."

이미 빌더발더스가 제국 영역 밖으로 치고 나갔다는 것을 파악하고 있는 사이파카르는 여기서 그 이름을 꺼내 봤다.

즉, 레므리가스가 어디까지 정보를 파악하고 있는지 탐색해 보려는 것이다.

그에 대해 레므리가스는 알고 있다고도 모른다고도 말하지 않았다.

하지만 아무 반응도 보이지 않는 걸 보면 그 정보는 입수하고 있는 것이리라.

'레므리가스, 주위 정세 변화에 뒤처지고 있는 건 아닌 모양이네. 그걸 알게 된 것만으로도 일단 안심이야.'

자기 일만을 생각해서 주위 정세를 탐색하려고 하지 않는 인간은 부하로서 쓴다면 또 몰라도, 힘을 합칠 상대로서는 불안하다.

'역시나 아버님 밑에서 공적을 세워 장군에 올라 주 장관을 맡게 될 만한…… 것 같네.'

회담이 개시되자마자 사이파카르와 레므리가스는 서로의 의중을 살피고, 서로의 인간성을 헤아리는 잽을 주고받고 있지만, 이 자리에서 그걸 알아차리고 있는 건 게체뿐이었다.

"이야, 빌더발더스 상장군도 일처리가 빠른 건 확실하다고 생각합니다만, 전하께서도 지지 않는다고 생각합니다."

"그렇지 않대도. 빌더발더스에 비하면 한참 모자라."

두 사람은 서로의 얼굴을 보면서 아하하, 하고 웃었다.

'여우와 너구리의 둔갑 대결이군, 이건.'

게체는 쓴웃음을 지을 것 같아지는 자신을 필사적으로 억눌렀다.

"그건 제쳐 두고. 어쨌건 전하 덕분에 안브로우주 및 주변 여러 주가 큰 혼란에 빠지는 건 저지할 수 있었던 것이니 리엔체주 장관인 저로서는 전하께 감사의 말씀을 드리고 싶습니다."

일어선 레므리가스는 사이파카르를 향해 깊이 머리를 조아렸다.

"감사합니다."

"신경 쓰지 않아도 돼. 나는 당연한 일을 한 것뿐이니까."

'아니아니, 로키신 전하의 거병에 편승해서 약삭빠르게 주도를 빼앗는 건 당연한 일이 아니잖나.'

그런 생각은 티끌만큼도 느껴지게 하지 않은 채, 레므리가스는 조용히 자리에 앉았다.

사이파카르는 자리에 앉은 레므리가스를 향해 그것보다도, 하고 말했다.

"장군이 서쪽 절반을 재빠르게 제압해 준 덕분에 안브로 우주가 주변 여러 주의 각축장이 되는 건 막을 수 있겠어. 그 건에 관해서는 나도 고맙다는 말을 해 두고 싶어."

"아, 아닙니다. 그건 전하의 교시에 따른 것뿐이기에."

"이야~, 이렇게까지 재빠르게, 그것도 무력을 사용하지 않고 제압해 버리다니, 그거야말로 쉽게 할 수 있는 일이 아니잖아. 장군과 장군 부하의 유능함에 나는 감명받았어."

사이파카르의 말에 가이우스는 희색을 띠고 있지만, 게체는 약간 질린 기분이 들었다.

'서로 속을 떠보는 건 이제 됐으니까, 전하도 장군도 본론에 들어가 주지 않으려나.'

그렇게 생각한 게체는 레므리가스에게 얼굴을 가까이

대고 살며시 속삭였다.

"장군님, 슬슬 본론에 들어가시는 편이."

"오오, 그렇군. 그다지 시간도 없고, 슬슬 중요한 이야기에 들어갈까."

왠지 모르게 사이파카르의 페이스에 말리는 느낌이 들었던 레므리가스는 마침 잘됐다는 듯이 사이파카르를 쪽을 돌아봤다.

"전하."

레므리가스는 진지한 눈빛으로 사이파카르를 쳐다봤다.

사이파카르도 진지한 표정으로 장군의 얼굴을 정면에서 똑바로 바라봤다.

"뭐지, 장군."

"전하는 이 뒤에 어떻게 하실 생각이십니까?"

"그건 무슨 의미지?"

'시치미 떼지 말라고.'

레므리가스는 그렇게 생각하면서도 뒷말을 이었다.

"그러니까 전하의 이후 방침을 들려주십사 하는 겁니다. 어디까지나 황태자 전하를 위해 움직이실 것인지. 아니면 다른 움직임을 취하실 것인지."

레므리가스가 말하는 '다른 움직임'이란 사이파카르가 자기 자신을 위해 움직일 것인가, 하는 것이다.

요컨대 장군은 사이파카르가 2대 황제 자리를 노릴 생각인가, 하는 점을 묻고 있다.

원래부터 사이파카르는 그럴 생각이지만, 그걸 여기서 장군에게 피로하기에는 아직 이르다.

그래서 사이파카르는,

"물론 나는 제국의 안녕을 위해 움직일 생각이야. 황태자를 위해 움직이면, 그것이 제국의 안녕으로 이어지니까 말이지."

그렇게 말하며 시치미를 딱 뗐다.

사이파카르 입장에서는 거짓말을 해서 레므리가스를 속인 건 아니다.

사이파카르가 한 말의 함의를 살피면, 황태자를 위해 움직이는 것이 제국의 안녕으로 이어지지 않는다면, 황태자를 위해 움직일 일은 없다…… 라고도 받아들일 수 있으니까.

다만, 과연 레므리가스가 거기까지 깊이 생각했을지 어떨지.

장군은 예리한 눈빛으로 사이파카르의 얼굴을 쳐다보고, 거듭해서 계속 물었다.

"그러면 향후 구체적으로 어떻게 하실 생각이십니까? 군세를 이끌고 제도에 달려가겠다고 말씀하실 겁니까?"

"아니, 그러지는 않아. 그런 짓을 하면 반역의 뜻이 있다고 의심을 받고 말아."

그렇군요, 하고 대답한 레므리가스는 조금 안달이 난 듯이 상체를 내밀었다.

"그러면, 어떻게 하실 겁니까?"

"동변경주와, 결과적으로 내가 맡게 된 안브로우주의 동쪽을 잘 다스려 나갈 뿐이야. 그것이 제국의 안녕으로 이어지는 것이니까."

'결과적으로 맡았다, 인가. 능숙하게 잘 돌려 말하는군, 전하는.'

빼앗으려고 생각해서 빼앗은 게 아니다.

로키신의 모반을 진압한 결과, 어쩌다 자기가 통치하게 되었을 뿐.

그것이 사이파카르의 주장이라는 뜻이다.

'주장이라고 할까, 제도에 대한 변명이군. 나도 그걸로 갈까.'

로키신의 모반과 그 진압 소식을 듣고 제도 측은 과연 어떻게 나올 것인가.

레므리가스는 지금으로서는 예측할 수 없었다.

하지만 적어도 모반이 있었다는 사실은 제도에도 알려져 있을 터이니, 머잖아 진압군을 보내올 것은 분명하리라.

그때 진압군은 평범하게 생각하면 리엔체주를 통과하게 된다.

'그때 어떻게 대응할 것인가. 어렵군. 게다가. 이미 로키신 전하가 안브로우주를 버리고 어딘가로 도망쳤다는 것을 알게 되었을 때, 진압군은 안브로우주를 접수하려고 할까. 나나 사이파카르 전하가 맡고 있는 도시를 내놓으라고 말할까. 말하겠지. 그때 어떻게 할 것인가.'

레므리가스도 바보는 아니다.

그 부분은 몇 번이고 생각한 적이 있다.

하지만 결국 결론은 나오지 않는 채였다.

제도 측이 우세하다면 지배하에 둔 안브로우주 서쪽을 내놓으면 황태자나 재상의 신임은 두터워질 것이다.

하지만 만에 하나 황태자가 열세에 빠지면.

황태자 이외의 누군가가 제도 측 군단을 격파하거나 한다면.

부랴부랴 안브로우주를 내민 레므리가스는 그 누군가에게 황태자 측 인간이라고 간주되어 공격받을 우려가 있다.

공격까지는 받지 않더라도, 심증은 나빠진다.

만약 그 인물이 제국을 잇는다면.

레므리가스의 본거지인 리엔체주를 빼앗길지도 모른다.

주가 바뀔지도 모르고, 격하될지도 모른다.

최악의 겨우 추방이라는 사태도 생각할 수 있다.

제국은 순조롭게 황태자의 것이 될 것인가.

그게 아니면 다른 누군가의 것이 될 것인가.

애초에 후계자 싸움을 하고 있는 건 누구와 누구인가.

현재 상황에서 레므리가스가 파악하고 있는 건 북방에 있던 밀라니에우스 황자가 궐기한 모양이라는 것과 미코노스 형제가 수상한 움직임을 보이고 있는 듯하다는 것 정도였다.

빌더발더스 상장군도 황태자 편에 붙지 않았다는 듯한

데, 그는 황제 자리를 잇는 것 따위 바라지 않고 제국 영역 바깥으로 군단을 진출시켰다.

그의 경우 후계자 싸움에 참가했다고는 할 수 없으리라.

치체리아나의 동향은 레프리가스에게도 전해지지 않았지만.

'그 말괄량이 황녀가 잠자코 황태자 전하에게 따를 거라고도 생각되지 않는다. 지금쯤은 이미 일어섰을지도 몰라.'

치체리아나가 일어서면 황태자에게는 최대 최강의 적이 될 것이다.

그렇기는 해도, 치체리아나의 본거지는 리엔체주에서는 너무 멀다.

'대체 나는 누구 편에 붙으면 좋단 말인가. 어찌해도 판단 재료가 너무 적어서 고민되는 부분이군. 역시 2대에 가장 가까운 곳에 있는 황태자에게 은혜를 입혀 두는 게 상도일까.'

하지만 그렇게 되면 사이파카르를 어떻게 다루면 좋을지가 또한 고민이다.

'어물쩍어물쩍 본심을 보이지 않으면서 처세하다가, 어느샌가 페리지아주의 두르도르를 아군으로 끌어들이고 국경을 넘어 침공해 온 기마 민족 5만을 도로 물리친 사이파카르 전하. 여간내기가 아닌 건 알 수 있다. 하지만 무엇을 노리고 있는지를 알 수 없다. 진심으로 제국을 손에 넣으려는 것인가. 그게 아니면……'

자기가 이야기를 시작해 놓고서 침사묵고(沈思默考)에 잠겨 버린 레므리가스를 사이파카르는 태평한 시선으로 쳐다보고 있었다.

'고민하고 있는 모양이네, 레므리가스. 하지만 너는 고민해도 돼. 고민하는 사이에는 내 적으로 돌아서지 않을 테니까 말이지.'

사이파카르로서는 레므리가스를 아군으로 끌어들이고 싶기는 하다.

하지만 '동맹'이라는 말을 꺼내면 그 시점에서 자기가 제국을 노릴 생각이 있음을 선언하는 것이나 마찬가지다.

'그건 아직 시기상조. 후계자 싸움에 참가하기에는 아직 병력이 부족해.'

그것이 사이파카르의 판단이었다.

'이제 곧 제도 측이 로키신 진압군을 보내오겠지. 조금만 더. 조금만 더 시간이 필요해. 조금만 더 시간을 벌면, 진압군이 원정을 와도 어떻게든 할 수 있을 만큼의 준비가 가능한데.'

이미 사이파카르는 로키신의 모반을 진압하기 위해 제도 측이 원정군 준비를 진행하고 있다는 걸 파악하고 있다.

제1진의 병력은 4, 5만이 될 것 같다는 정보도 얻었다.

3만을 넘는 반란군―지금은 이제 어디에도 없지만―을 진압하기에는 다소 미덥지 못한 숫자다.

그렇게 되면.

'제2진이 있든가, 아니면 도중의 주에서 그 주의 병력을 합쳐 병력을 늘리든가.'

그중 어느 쪽일 것이라고, 사이파카르는 거기까지 예측하고 있다.

'혹은 양쪽 다라는 것도 생각할 수 있겠네. 어느 쪽이건, 원정 오는 군단은 도중에 로키신이 도망쳤다는 소식을 접할 터인데, 거기서 어떻게 할 것인가. 얌전히 돌아가 준다면 만만세지만, 그렇게 형편 좋게는 풀리지 않겠지. 안브로우주가 어떻게 되어 있는가를 확인하려 할 테고, 원정군의 무력을 배경으로 안브로우주를 지배하려 할지도 몰라. 아니, 하겠지.'

원정군이 아무 일도 없이 안브로우주까지 진군해 오면, 사이파카르로서도 동쪽 절반을 돌려줄 수밖에 없다.

그리고 그건 레므리가스도 마찬가지다.

그렇지만 원정군이 올 때까지는 아직 시간이 있다.

그전까지 얼마나 안브로우주의 주민을 포섭할 수 있을 것인가.

그것이 승부의 갈림길이라고 사이파카르는 생각하고 있다.

그렇기에 시간이 필요했다.

자신의 정치를 침투시킬 시간이.

안브로우주 주민에게서의 지지를 획득하기 위한 시간이.

원정군에 대항하기 위한 계책을 준비해 둘 시간이.

그러면 사이파카르는 원정군에 대항하기 위한 계책을 어디서 준비하려는 것인가.

동변경주 군단에 더해, 페리지아주 군단과 리엔체주 군단을 합쳐서 대항하려는 것인가.

하지만 현 상황에서 그건 무리가 있는 이야기였다.

지금은 사이파카르가 만들어 낸 흐름에 타서 사이파카르의 편에 서 있는 두르도르이지만, 그는 어디까지나 '황태자를 위해 일하는 사이파카르'를 위해 움직이고 있는 데 불과하다.

황태자가 보낸 진압군과 분쟁을 일으키려 하는 순간, 그는 사이파카르 곁에서 떠나간다.

떠나가는 데 그치지 않고 사이파카르의 적이 되어 앞을 막아설 것이다.

페리지아주 군단이 떠나가면, 이해타산이 빠른 레므리가스도 떠나가리라.

지금으로서는 두르도르는 도리에 따라, 레므리가스는 이득에 따라 사이파카르에게 협력하고 있는 것뿐이다.

도리가 무너지면.

이득이 상실되면.

두 사람은 사이파카르의 아군이 아니게 된다.

최악의 경우, 적으로 돌아선다.

그걸 피하면서 진압군을 응대할 필요가 있다.

대체 사이파카르는 무엇을 어떻게 함으로써 진압군을 응대하고, 안브로우주의 지배를 확고한 것으로 만들려는 것인가.

그것이 판명되는 건 조금 더 뒤의 일이다.

4

"왜 그러지, 레므리가스 장군."

사이파카르의 온화한 목소리에 레므리가스는 제정신을 차렸다.

"아, 아니요, 이거 실례했습니다. 그만 생각에 잠기는 바람에……."

"뭐, 생각하고 싶어지는 건 당연하지. 최근에는 나도 언제나 생각하고 있어. 어떻게 하면 이 소란을 잘 수습해서 제국의 안녕을 되찾을 수 있을까 하는 것을. 신민에게 평화로운 삶을 가져다줄 수 있을까 하는 것을."

"그렇군요. 전하께서 말씀하시는 대로입니다."

"그런데, 장군."

사이파카르의 눈빛에 예리함이 늘어난 느낌이 들어, 레므리가스는 아주 약간 소스라쳤다.

"무엇입니까, 전하."

"내가 보낸 사절단의 정사(正使)를 환영해 주고 있는 것 같더군."

레므리가스의 얼굴이 굳어졌다.

"예…… 예에, 전하의 사자이니 그야 물론 최선을 다해, 온갖 사치를 다해 환대하고 있습지요."

갑자기 예상하지 못했던 부분으로 화제가 바뀌어 허를 찔린 레므리가스는 횡설수설하고 있다.

사이파카르는 다그치다시피 말을 이었다.

"슬슬 그녀를 돌려보내 줬으면 하는데, 어떨까."

"아, 예에, 그건, 그게."

"환대도 도가 지나치면 뭔가 억측을 살지도 모르고 말이야. 안 그래?"

"물론, 뭔가 다른 생각이 있어 사자를 붙들어 둔 건 아닙니다. 충분히 환대하였고, 슬슬 풀어줄…… 돌아가 주기를 요청할까 하고 생각하던 참입니다."

옆에 놓아두면 사이파카르와의 거래 재료로 쓸 수 있을지도 모른다고 생각해서 스텔라스텔라를 연금한 것이나 마찬가지로 대우하고 있던 레므리가스는 식은땀을 흘리며 그렇게 대답했다.

대답한 뒤, 마음속으로 혀를 칫 찼다.

'젠장. 완전히 전하의 페이스에 놀아나고 있군. 조금 더 옆에 놓아두면, 또 뭔가에 쓸 수 있었을지도 모르는데. 아니, 하지만. 도가 지나치면 전하를 적으로 돌릴지도 모르······나. 이분은 생각한 것 이상으로 방심할 수 없는 인물이다. 취급에는 주의하는 편이 좋아. 본인뿐만이 아니라, 그 신하도.'

레므리가스는 굳은 표정을 억지로 풀고, 어색한 미소를 띠며 대답했다.

"제가 주도까지 돌아가는 대로 사자는 돌려보내겠으니, 부디 걱정하지 마시기를."

"그런가. 잘 부탁하지. 여하간 그녀는 선제 폐하께서 내게 붙여 준 교육관이니까, 그녀에게 무슨 일이 있으면 나는 선제 폐하를 뵐 면목이 없어지고 말아."

사이파카르는 그렇게 말하고 싱긋 웃었지만, 레므리가스는 피부에 소름이 끼치는 듯한 감각을 느꼈다.

'곤란해, 곤란해. 선제 폐하 이야기를 꺼내면 나도 변명을 할 수 없어. 게다가 선제 폐하가 붙였다는 건, 물밑에서 재상 정도랑 연결되어 있을지도 모르고. 역시 슬슬 물러날 때······ 인가.'

돌아가는 대로 스텔라스텔라를 풀어주자. 레므리가스는 결의했다.

"자, 그럼. 장군."

"아, 예."

"장군과 만나 이야기를 할 수 있어서 실로 유익했어."

"예, 그건 저도 마찬가지입니다."

"어쨌든 지금은 허튼 생각은 하지 말고."

사이파카르는 레므리가스의 눈을 가만히 쳐다보며 말했다.

"맡은 안브로우주를 잘 규합하는 것을 제일로 생각해서 행동해야 하겠지."

"……그렇지요."

"머잖아 반드시 새로운 움직임이 있을 거야."

"예?"

"그때는, 또 대화를 나누도록 하자고."

"아…… 예에."

레므리가스는 요령부득인 얼굴로 작게 고개를 끄덕였다.

"그때까지는 현상 유지. 그렇지?"

그걸로 레므리가스도 팍 감이 왔다.

'현상 유지. 요컨대 안브로우주는 이대로 둘이서 분할하여 통치해 나가자고 전하는 말씀하고 계신 것이군. 내게 이견은 없지만.'

새로운 움직임이 무엇을 말하는 것인지 잘 모르겠지만, 아마 원정군에 관한 것이리라고 레므리가스는 추측했다.

'그래. 여차할 때는 황태자 전하께 안브로우주를 돌려드리면 될 뿐이다. 만약 괜찮은 계획이 발견되면 그대로 지배할 수 있을지도 모른다. 황태자와 재상의 발등에 불이 떨어질 것 같다면 태도를 바꿔 버티고 앉는다는 방법도 있다. 조금 더 상황을 보자. 그런 거다.'

그렇게 스스로를 납득시킨 레므리가스는 사이파카르를 향해 고개를 크게 끄덕였다.

"전하의 말씀대로입니다. 현상을 유지하여 안브로우주의 혼란을 가라앉히는 것이 중요하지요. 로키신 전하가 사라진 것을 알게 된 주위의 범과 이리들이 안브로우주를 빼앗고자 노릴지도 모릅니다."

"그래, 그게 중요하단 말이지. 안브로우주를 누군가에게 빼앗기거나 한다면 큰일이야. 최악의 경우 주변 여러 주에도 전란의 불길이 솟아오르고 말아."

"그렇, 겠지요."

"그러면 오늘은 그런 걸로."

사이카파르가 그렇게 말하며 일어서자, 레므리가스와 게체도 서둘러 일어섰다.

"일부러 와주셔서 감사했습니다, 전하."

"수고 많으셨습니다, 전하."

두 사람이 사이파카르를 향해 머리를 숙이자, 황자는 기분 좋은 듯한 목소리로 대답했다.

"이걸로 이웃 사이가 된 거야. 앞으로도 잘 부탁하지, 장군. 게체도."

'이웃 사이인가. 확실히 그렇군. 그것도 주의 경계가 접해 있다든가 하는 게 아니라, 말하자면 집 하나를 나누어서 살고 있는 듯한 것이니까 말이지.'

그것이 과연 앞으로의 자신에게 어떠한 영향을 미칠 것

인지, 레므리가스는 알지 못했다.


  5


  '그건 그렇고.'

  레므리가스는 사이파카르와 함께 천막에서 나오며 생각했다.

  '결국, 이후에 전하가 무엇을 하실 생각인지를 듣지 못한 채군. 처음부터 끝까지 전하에게 휘둘리기만 하고 끝난 듯한 느낌이 든다만. 뭐, 직접 뵙고 이야기를 할 수 있었던 것만으로도 잘된 일이라고 해 둘까.'

  회담 장소에서 멀어져 가는 사이파카르와 그의 신하, 병사를 지켜보며 레므리가스는 이후에 해야 할 일을 여러모로 생각하고 있었다.

  '우선은 지배하에 둔 안브로우주 서쪽 절반의 단속. 각 도시에 둘 집정관 인선, 수비 부대 선발과 대장 지명. 황태자 전하에 대한 보고도 잊어서는 안 된다. 그때는 제도의 상황을 살피고 올 필요가 있어. 그저 단순히 보고서를 들려주면 되는 게 아니다. 사자의 인선도 중요하지. 나머지는, 밀라니에우스 전하 군세의 동향이군. 얼마나 되는 병력으로 어디까지 다가와 있는가. 정말이지 해야 할 일이 산더미군. 그리고, 그것들 전부가 어려운 문제다.'

  레므리가스는 이것 참, 하고 고개를 내저었다.

'그 선제 폐하께서 죽다니 말이야. 지금도 여전히 믿기지 않는 기분이야. 폐하께서 조금 더 오래 살아 주셨다면, 나도 이렇게나 고민하지 않아도 됐을 것을.'

자기가 생각하고, 자기가 결단하며, 자기가 행동한다.

레므리가스는 그것이 이렇게나 힘든 일일 줄은 몰랐다.

그는 다시금 롬니에우스 1세의 위대함에 대해 생각했다.

'아니, 선제 폐하의 추억에 잠겨 있을 상황이 아니지. 나한테는 해야만 하는 일이 산더미처럼 있다. 빨리 리엔나레로 돌아가서…… 아!'

레므리가스는 해야만 하는 일이 하나 더 있다는 걸 떠올렸다.

'그랬지. 사절단의 정사, 스텔라스텔라를 풀어줘야만 했군. 게다가 그저 풀어주기만 해서는 안 된다. 돌아간 그 여자가 전하께 보고할 때 비난받지 않을 정도로는 이쪽의 심증을 좋게 만들어 둬야겠지. 뭐라 해도 환대하기 위해 남도록 한 것이었으니 말이야. 돌아가면 진심으로 환송 연회라도 열까. 나름의 선물도 들려줘야만 하겠어. 아아, 정말로 귀찮기 짝이 없군.'

전장에서 적의 화살을 피해 돌격하는 편이 생각하지 않아도 되는 만큼, 훨씬 낫다고 생각하는 레므리가스였다.


게체 이하 간부를 불러모아 안브로오주 서쪽 절반의 지배를 확실한 것으로 만들기 위한 여러 방책을 명한 레므리가스는 게체를 임시 점령 통치관에 지명하고 그에게 2개 군단을 붙였다.

일부러 '임시'를 강조한 것은 어디까지나 긴급피난 조치라는 점을 주변 주들이나 제도에 나타내기 위한 방편이다.

'게체에게 맡겨두면 잘하겠지. 사이파카르 전하의 신임도 두터운 것 같고, 전하와도 이야기를 잘 주고받을 거다. 일단은 안브로우주 병사의 무장 해제를 진행해야겠어.'

레므리가스의 의식에서는 안브로우주 서쪽 절반은 '점령한' 것으로 되어 있다.

점령지에서 그 지역 병사에게 무기를 들려준 채로는 반항을 받을 우려가 있다.

그래서 그는 무장 해제가 필요하다고 생각한 것인데, 그건 실로 상식적인 사고방식이었다.

안브로우주 동쪽은 '자신들이 통치하는 영지'가 되었다고 생각하는 사이파카르와는 그 점이 다른 부분이다.

이 차이가 안브로우주의 향후 동향에 의외일 정도로 크게 작용하지만, 이 시점에서는 레므리가스는 물론 사이파카르도 예상하지 못하고 있었다.

그리고 나서 레므리가스는 대대장인 케니시를 지명하여 북방 정찰을 명했다.

"북방, 말입니까?"

"그렇다. 북방이 어떻게 되어 있는지를 탐색하고 와라. 누구라고는 말하지 않겠지만, 왕성하게 움직이고 있는 사람도 있는 것 같으니까 말이야."

장군의 그 말에 케니시도 감이 팍 왔다.

'장군이 신경 쓰고 있는 건 밀라니에우스 전하군. 지금까지도 주도에 몇 번인가 사자가 왔었던 모양이고.'

케니시는 등을 쭉 펴고 옙! 하고 대답했다.

"우리 부대는 북방의 상황을 살피고 오겠습니다."

"주변 주와 말썽을 일으키지 마라. 즉, 은밀 행동이라는 거다."

"옙. 주변 주들과 문제를 일으키지 않도록 은밀하게 정탐하고 오겠습니다."

거기다 레므리가스는 추가로 몇 개의 지시를 내리고 앞으로의 전개에 대비하여 용의주도하게 손을 쓴 다음, 자신의 군단을 이끌고 주도 리엔나레로 철수했다.


리엔나레에서는 의외의 인물이 레므리가스를 기다리고 있었다.

# 제5장
# 의외의 인물의
# 의외의 권유

1

    레므리가스는 부대를 이끌고 주도 리엔나레로 돌아가는 도중에, 리엔나레에 남겨 집무를 보게 했던 집정관 대리 겐투스가 보낸 급사를 맞이했다.

    "뭐라고?! 밀라니에우스 전하가 보낸 사절단이 주도에?!"

    "그렇습니다. 게다가 사절단의 정사는 밀라니에우스 님의 심복, 사리나스 후작 세필드 경입니다."

    "사리나스 후작?! 밀라니에우스 전하의 중신 중의 중신이지 않은가."

    "그 사리나스 후작이 '레므리가스 장군이 돌아올 때까지 기다리도록 하겠다'라고 말씀하셔서. 겐투스 님도 대응하기에 곤란하여 시급히 레므리가스 님께 연락을 드리라고 하여 저를 보내신 것입니다."

    '지금까지 보내왔던 사자와는 격이 다르다. 그 사리나스 후작이 내가 돌아오는 걸 기다리겠다고 한다고? 말도 안 되잖아, 그런 건. 대체 어떻게 된 일이지?'

    레므리가스는 매우 수상쩍게 여겼으나.

    '아니, 생각하고 있을 때가 아니군. 정말로 사리나스 후작 본인이 와 있다면, 여태껏 그랬던 것처럼 문서만 받아 들고 돌아가 주십사 부탁할 수도 없는 노릇이다. 가서 내가 직접 응접해야만 하겠지.'

레므리가스는 직속 기병 2백에 더해 군단 기병에서 2백을 선발하여 합쳐서 4백의 기병을 이끌고 리엔나레로 급행하기로 했다.

'밀라니에우스 전하의 중신이 직접 나오다니, 어떻게 된 거지? 대체 내게 무슨 이야기를 가지고 온 건가?'

말을 빠르게 몰면서도, 레므리가스는 안절부절못한 심정이었다.


## 2

리엔나레에 돌아온 레므리가스는 말에서 내리는 것도 답답하여, 그대로 몇 명의 심복을 데리고 영빈관으로 달려갔다.

영빈관에 몇 개 있는 응접실 중 하나에 사리나스 후작 세필드가 있었다.

대리석 바닥 위에 서방에서 들여온 두꺼운 양탄자가 깔려 있고, 방 중앙에는 가죽을 씌운 커다란 소파가 놓여있다.

천장에 매달린 정교한 모양새의 장식 등불에는 몇십 개나 되는 양초가 눈부신 빛을 내뿜으며 타오르고 있었다.

고가의 비단 천이 펼쳐진 벽에는 진기한 동물의 머리 박제가 장식되어 있었고, 벽 쪽에는 유리가 끼워진 장식장이 놓여있어 보석이 박힌 검이나 방패가 그 안에 수납되어 있다.

실질강건(實質剛健)을 제일로 여기는 레므리가스 치고는 호화로운 분위기의 방이지만, 주 장관 정도 되면 사치스러운 분위기를 선호하는 귀인이 방문하는 경우도 있다.

이 방은 레므리가스 나름의 배려가 깃든 산물이었다.

그런 응접실의 소파에 그 남자는 편안한 모습으로 앉아 있었다.

뚜렷한 이목구비에 푸른 눈, 어깨까지 늘어뜨려 가볍게 구불거리는 금발.

입고 있는 의상도 비단으로 만들어진 것으로 짐작되는 상의에 질 좋은 플란넬 통바지.

신고 있는 부츠는 무두질한 가죽으로 만들어진 것이리라. 부드러워 보이는 광택이 있었다.

앉아 있기에 정확하게는 모르지만, 키도 평균보다 훨씬 커 보인다.

겉모습부터가 자못 귀공자라는 풍모를 보여주고 있다.

'저게 사리나스 후작 세필드인가.'

레므리가스는 평범한 밀라니에우스 황자에게 붙여 두기에는 아까울 정도로 뛰어난 가신이 몇 명인가 있다는 소문을 들어본 적이 있다.

사리나스 후작 세필드는 그중 한 명이었다.

'과연. 아직 젊지만 확실히 유능할 것 같은 남자다.'

방 입구에서 가볍게 고개 숙여 인사한 레므리가스는 고개를 들고는 방에 발을 들여놓았다.

부사로 짐작되는 남자가 조금 떨어진 장소에 놓인 1인용 의자에 앉아 있다.

그는 세필드와 달리 바른 자세로 앉아 있었다.

호위병 다섯 명이 방 한구석에서 대기하고 있다.

검을 찬 채이지만, 사리나스 후작의 호위라는 이유로 집 정관 대리 젠투스는 검을 휴대한 채 방에 들어가는 것을 인정한 것이다.

레프리가스의 뒤를 이어 그의 참모와 10명 남짓 되는 위병이 방에 들어왔다.

"사리나스 후작 세필드 경이시군요. 제가 리엔체주 장관 레프리가스입니다."

세필드 앞까지 나온 레프리가스는 다시 한번 머리를 숙였다.

장군을 올려다본 세필드가 천천히 일어섰다.

동시에 부사로 짐작되는 마흔 가량의 남자도 일어섰다.

"처음 뵙는군요, 레프리가스 장군. 제가 세필드이고, 저쪽이 부사인 도리스투입니다."

세필드의 소개를 받고 부사 도리스투는 허리를 깊숙이 숙였다.

"부사를 맡고 있는 도리스투입니다."

레프리가스는 도리스투에게 고개를 숙인 뒤 세필드 쪽으로 돌아서 또다시 머리를 숙였다.

"오랫동안 기다리시게 하여 죄송합니다."

세필드는 부드러운 미소를 띠며 오른손을 내저었다.

"아니요. 아니요. 이쪽이 멋대로 밀어닥쳐 멋대로 기다리고 있는 것입니다. 장군께서 신경 쓰실 건 없습니다."

그렇게 말하는 세필드는 얼굴에 생글생글한 미소를 띠고 있지만, 눈빛의 예리함이 예사롭지 않았다.

방심할 수 없는 남자다, 하고 레므리가스의 경계심이 높아졌지만, 그런 건 내색도 하지 않은 채,

"부디, 앉아 주십시오."

세필드에게 그리 말을 건넸다.

세필드가 소파에 앉자, 레므리가스는 맞은편 의자에 앉았다.

두 사람이 앉는 것을 보고 부사인 도리스투도 자리에 앉았다.

레므리가스의 참모는 약간 떨어진 곳에 있는 종자용 의자에 앉고.

뒤의 위병은 방 한구석까지 물러나고는 직립 부동자세로 움직이지 않았다.

레므리가스는 시녀를 불러 차를 더 내어 오도록 명했다.

시녀가 떠나가자, 레므리가스는 세필드를 돌아보고 그러면, 하고 입을 열었다.

"세필드 경, 오늘은 어떠한 용건으로 오셨는지요."

"뻔하지 않습니까."

세필드는 극상의 미소를 띠고 말했다.

"실력자 레므리가스 장군과 부디 친분을 맺고 싶다고 생각하신 밀라니에우스 전하께서 저를 파견하신 겁니다."

세필드의 눈에 짓궂어 보이는 빛이 깃들었다. "지금까지의 사자는 다들 빈손으로 돌아왔으니 말이지요."

레므리가스는 진땀을 뻘뻘 흘리며 멋쩍은 미소를 띠고 대답했다.

"아뇨아뇨, 딱히 그런 건. 단지, 이쪽도 주위의 상황이 혼란스러워서, 그에 대응하는 것으로도 힘에 겨웠던지라……."

"그래요, 그겁니다. 장군."

"아…… 예? 그것이라니, 어떤 것 말씀이지요?"

"로키신 전하의 모반, 장군과 사이파카르 전하 두 분이 가라앉히셨다는 것 같더군요."

'어째서 이 녀석이 그런 걸 알고 있지?! 로키신 전하가 도망친 건 불과 며칠 전의 일이라고?!'

레므리가스가 놀란 것도 무리는 아니다.

이 시대에는 정보를 빠르고 정확하게 전하려면 파발을 보내는 정도밖에 수단이 없었으니, 밀라니에우스 측이 로키신 도망 소식을 안다고 한다면 시간적으로는 아슬아슬하다.

아슬아슬하지만, 불가능하지는 않다.

현장에 있던 누군가가 밀라니에우스 진영에 파발을 띄웠다면, 세필드가 알고 있어도 이상하지는 않다.

'하지만 누가 파발을 보냈다는 말인가? 설마 밀라니에우

스 전하 쪽은 안브로우주 각지에도 척후 부대를 파견하고 있었다는 건가?!'

그렇다면 시간상으로는 늦지 않겠지만, 장소 측면에서 생각하면 미심쩍다.

'지금 남하를 계속하고 있는 밀라니에우스 전하의 진영이 일부러 안브로우주까지 척후를 파견한 건가? 만약 그렇다면 상당히 정확하게 정세를 파악하고 있다는 말이 된다만.'

실제로 안브로우주 안에서 밀라니에우스 휘하의 척후 부대와 세이야 부대가 조우하여 한바탕 소동이 일어났으니, 레므리가스의 상상은 들어맞았지만 레므리가스 역시 거기까지 파악하고 있지는 못했다.

그런 레므리가스의 속마음을 꿰뚫어 본 것만 같이, 세필드는 큭큭 웃었다.

"뭘요. 우리는 여러 곳에 정보 제공자를 가지고 있으니 말입니다. 이 근방만은 아닙니다. 제도 측 움직임도 어느 정도까지 파악하고 있습니다."

세필드의 설명에 레므리가스는 간담이 서늘해지는 기분이었다.

'그렇다는 건, 나와 사이파카르 전하의 접촉도 이미 이 녀석들이 알고 있다는 건가?'

"화, 확실히 로키신 전하는 궐기에 실패하여 도망친 것 같습니다만, 그래도 그건 전적으로 사이파카르 전하의 공로이고 저는 아무것도 한 게 없습니다."

"호오."

세필드의 눈이 불가사의한 빛을 발했다.

"장군은 아무것도 한 게 없다고 말씀하십니까. 그런데도 안브로우주에 자신의 병사를 진출시켰군요."

"!!"

레므리가스는 아픈 곳을 찔렸다.

그렇다기보다, 거기까지 파악하고 있을 줄은 생각지 못했다.

"아, 아뇨, 그건, 그게, 저희도 로키신 전하에게 간언하고자 병사를 진군시킨 것입니다만, 저희가 무언가를 이루기 전에 이미 사이파카르 전하에 의해 로키신 전하의 궐기가 실패로 끝나 있었다, 뭐 그런 것이어서, 저희 주의 병사가 안브로우주에 들어가 있는 건 그런 겁니다."

세필드는 필사적으로 변명하는 레므리가스를 재미있다는 듯한 얼굴로 쳐다보고 있다.

"결코 혼란을 틈타 안브로우주 일부를 점령하려고 했다든가, 그런 게 아닙니다."

레므리가스는 그렇게 말하고 나서, 아뿔싸! 하고 마음속으로 혀를 찼다.

'말하지 않는 게 좋았나? 괜한 말을 해서 긁어 부스럼을 만든 것 아닌지?!'

"딱히 장군이 안브로우주에 병사를 진출시킨 것을 책망

하려고는 생각하고 있지 않습니다."

세필드는 오열하는 것처럼 웃었다.

"여하간 우리도 멋대로 다른 주에 병사를 진출시키고 있으니까 말이지요."

"아, 그렇습, 니까."

"그렇고말고요."

웃음을 거둔 세필드는 레므리가스의 얼굴을 정면에서 똑바로 들여다봤다.

"제국이 중대한 위기를 맞이한 이때 아무것도 하지 않는 것이야말로 제국에 대한 배신행위이지 않습니까?"

"예, 예에, 그렇지요. 말씀하신 대로라고 생각합니다."

"그러니 우리도 황태자님을 돕고자 병사를 움직여 제도로 향하고 있는 겁니다."

'그 부분의 주장은 사이파카르 전하와 같군. 그리고 로키신 전하와는 다르다. 그렇긴 해도 로키신 전하 역시『황태자 타도』라고는 말하지 않고『군주 옆의 간신을 제거한다』라고 말했지만.'

그러나 로키신의 경우 황태자 혐오가 너무 노골적이었으니까, 군주 옆의 간신을 제거한다는 그의 말을 곧이곧대로 믿는 사람은 거의 없었다.

'적어도 밀라니에우스 전하의 진영은 사이파카르 전하와 비슷한 정도로는 주의 깊군.'

"실은 우리 군세의 일부는 이미 리엔체주에 들어가 있어서 말이지요.”

세필드의 그 말이 너무나도 자연스럽고 태연했기에, 그 말이 지닌 의미가 레므리가스의 머릿속에 침투하는 데 약간 시간이 걸리고 말았다.

‘밀라니에우스 전하의 군이 내 주에⋯⋯.’

“지금쯤은 주경에 가까운 리존을 포위하고 있을 겁니다.”

“뭐어어엇?!”

“그러니 저를 사로잡아 교섭 재료로 삼겠다든가, 저를 죽여서 사이파카르 전하에게 제 머리를 바치겠다는 생각 따위는 하지 않는 편이 좋으리라는 것을 충고드려 두지요.”

레므리가스는 침을 꿀꺽 삼켰다.

‘리존을 포위한다니, 아무리 그래도 너무 빠르잖아. 아니면 허풍인가?’

“그래도 장군이 구태여 그런 생각을 품으신다면, 그건 그것대로 어쩔 수 없습니다. 그 경우, 리존이 잿더미로 변하리라는 것은 각오해 주십시오.”

“⋯⋯.”

“게다가, 지금 장군은 2개 군단을 안브로우주에 보내 놓으셨지요.”

세필드가 씨익 웃었다.

그전까지의 얌전한 미소와는 달리, 성미가 고약해 보이는 웃음이었다.

“이 리엔나레에는 2개 군단밖에 없습니다. 원군으로 가는 것도 큰일이겠지요."

레므리가스는 대꾸할 말을 잃었다.

세필드는 레므리가스의 움직임을 완전히 파악하고 있는 모양이다.

'하지만. 리존을 포위했다고 하나, 대체 어느 정도의 병력을 보내온 거지?'

리존 수비대는 1천도 채 되지 않는다.

로키신에 대한 대응이나, 그 후 안브로우주에 파병하는 등으로 인해 각 도시에 병사를 보내 수비력을 증강할 만한 여유는 전혀 없었던 것이다.

'상대가 1만 정도만 되어도 함락될 거다. 그렇기는 해도 1만 정도라면 이쪽에서 배후를 칠 병력을 보내면 어떻게든 되겠지만.'

레므리가스는 세필드의 낌새를 살피는 것처럼 그에게 힐끔 시선을 보냈다.

그의 의문을 꿰뚫어 보고 있는 것처럼, 세필드는 티가 나게 오른손을 내저었다.

"리존을 포위한 병사가 어느 정도인지는, 제 입으로는 말씀드릴 수 없습니다. 꼭 알고 싶거든, 장군 쪽에서 척후 부대 등을 파견하시면 어떻습니까. 하지만, 그렇게까지 하지 않아도 머잖아 리존에서 긴급 사태를 알리는 전령이 달려올지도 모르겠군요. 그렇게 되면 포위군이 어느 정도 병력인지 알 수 있을 겁니다."

‘이 자식…….’

세필드의 말투에 화가 난 레므리가스였으나, 그런 태도를 보일 수는 없는 노릇이다.

장군은 마음속으로 크게 혀를 찼을 뿐이다.

“자, 그럼. 이상의 상황을 감안해서 이야기하겠습니다만, 괜찮을지요.”

‘아무래도 허풍은 아닌 모양이군. 이 녀석들, 정말로 리존을 포위하고 있어. 그것도 강공해서 함락시키고자 생각하면 함락시킬 수 있는 병력으로. 다.’

아무래도 레므리가스에게는 세필드의 이야기를 듣지 않는다는 선택지는 없는 모양이다.

장군은,

“리존을 인질로 잡혀 있어서야, 괜찮고 자시고도 없을 것 같군요.”

라며 최대한의 비아냥을 담아 말할 수밖에 없었다.

“인질이라니, 남들이 들으면 오해하겠습니다. 우리는 그저 병참과 물 공출을 부탁하고 있을 뿐이에요.”

‘뻔뻔하기는.’

세필드의 말투는 부아가 치밀었지만, 상대가 용의주도하게 준비하여 레므리가스를 찾아왔다는 건 알 수 있었다.

그 용의주도함과 확실한 상황 파악은 상대가 의지하기에 충분한 자라는 것을 레므리가스에게 알려주고 있었다.

‘밀라니에우스 전하는 의지하기에 다소 미덥지 못하다고

생각했는데, 심복들은 소문대로, 아니, 소문 이상으로 유능하지 않나?'

누구에게 붙을 것인가, 라는 선택지에서는 그의 천칭은 사이파카르 쪽으로 크게 기울어 있었지만, 지금은 반대쪽 접시에 올린 밀라니에우스의 무게가 늘어나 있었다.

균형은 반반…… 까지는 아니지만, 레므리가스 안에서는 상당히 팽팽하게 맞버티는 상태가 되어 있었다.

레므리가스는 진심이 들었다.

진심으로 세필드의 이야기를 들을 생각이 되었다.

그는 몸가짐을 바로잡고는, 시선에 힘을 담아 상대의 눈을 똑바로 바라봤다.

"그래서. 세필드 경은 구체적으로 제게 무엇을 시키고 싶은 겁니까?"

레므리가스의 그 물음에 세필드도 진지한 표정으로 대답했다.

"그전에."

세필드는 재빠르게 방안을 둘러보며 말했다.

"사람을 물려 줄 수 있겠습니까. 이제부터 이야기하는 내용은 무척 중요하고 꽤 결정적인 것이 되기에. 우리에게도, 장군에게도."

레므리가스는 순간, 망설였다.

여기서 세필드와 단둘이 되어도 괜찮을지 어떨지.

하지만 그는 곧바로 결론을 냈다.

리존이 포위되어 있다면 거부하기 어렵다는 사정도 있었지만, 세필드가 무슨 이야기를 꺼낼 것인지 들어보고 싶어진 것이다.

'게다가. 이 녀석이 숨겨 둔 무기로 나를 죽이려 해도, 그리 간단히 당하지는 않는다.'

레므리가스는 전장에서의 지휘 능력도 높지만, 무기를 가진 상태에서의 전투력도 높다.

눈앞의 유약해 보이는 남자가 덤벼 온다고 해도, 확실하게 반격할 수 있을 거라는 자신감이 있었다.

"물론, 이쪽의 위병도 모두 방에서 내보내겠습니다. 무장을 해제시키겠으니, 원하시는 장소에 가둬 두셔도 무방합니다."

'그렇게까지 말한다면 말이지.'

"알겠습니다."

고개를 끄덕인 레므리가스는 참모와 호위병 대장에게 물러나 대기하도록 명했다.

"저, 괜찮겠습니까? 장군?"

참무 중 한 명은 불안해 보이는 표정을 짓고 있었으나, 레므리가스는 그런 그에게 웃어넘겼다.

"그렇게 당황하는 모습을 세필드 경에게 보이지 마라. 됐으니까 얌전히 물러나서 지시를 기다리도록."

"예."

검을 푼 세필드의 위병이 레므리가스의 위병을 따라 방

에서 나갔다.

그 후 레므리가스의 참모도 방에서 나가고, 실내에는 레므리가스와 세필드 둘만이 남겨졌다.

"자. 요망에 응하여 사람을 물렸습니다. 중요하고 결정적이라는 이야기를 들려주시겠습니까."

"감사합니다. 장군이 냉정한 사고력과 판단력의 소유자라 다행이군요."

세필드는 이런이런, 하며 안도의 숨을 내쉬었다.

하지만 그의 행동에서는 어딘가 연극을 하는 듯한 과장된 인상을 씻어낼 수 없었다.

장군은 가벼운 짜증을 느끼면서 세필드를 재촉했다.

"서두는 됐습니다. 그것보다, 중요한 이야기를."

"그러면 본론으로 들어가도록 하지요."

세필드는 가볍게 헛기침을 하고는, 소파 위에서 상체를 쑥 내밀었다.

"말할 나위도 없습니다만, 이건 장군과 저만의 비밀이라는 것으로 부탁드리고 싶습니다."

'그래, 말할 필요도 없는 것이지.'

장군은 마음속으로 쌓이는 짜증을 억누르면서,

"알고 있고 말고요."

라며 고개를 끄덕였다.

"실은 장군에게 부탁드리고 싶은 것이 있습니다."

"그러니까, 그것이 무엇이냐는 말을……."

짜증이 배어 나온 목소리로 장군이 그렇게 말하자, 세필드는 오른손을 슥 들어 그를 제지했다.

"우리가 장군에게 부탁드리고 싶은 것, 그건."

세필드는 거기서 한 박자 뜸을 둔 뒤 말을 이었다.

"장군이 사이파카르 전하에게 대응해 주었으면 한다는 것입니다. 아니…… 정확히는 대응이 아니라 환대라고 해야 할까요. 적어도 표면상은."

"예…… 예에?"

레므리가스는 당혹스러운 기색을 감추지 못했다.

'아무래도 이 녀석들은 내가 사이파카르 전하와 어느 정도까지 뜻이 통하였다는 것을 파악하고 있는 모양인데, 그렇다 치더라도 전하를 환대하라는 것은 무슨 말이지? 응? 표면상으로는 환대?'

레므리가스는 그 말에 걸리는 점을 느껴 고개를 들었다.

최근, 어디선가 들은 적이 있었기 때문이다.

'아니, 그렇다기보다! 그건 내가 했던 말이잖아!'

그렇다. 스텔라스텔라를 허울 좋은 인질로서 리엔나레에 붙들어 두고자, 그에 대한 변명으로써 '연금'이나 '구속'도 아니라 '환대'한다고 장군은 말했던 것이다.

'그렇다는 건…… 어? 사이파카르 전하를 환대? 설마…….'

레므리가스가 필사적으로 생각하는 사이, 세필드는 그의 반응을 관찰하는 듯한 차가운 시선으로 레므리가스를 쳐다보고 있었다.

거기에 생각이 미친 레므리가스는 얼굴을 들고 눈을 크게 뜬 채 세필드를 바라봤다.

장군의 낯빛이 새파래져 있다.

'아아, 아무래도 이해해 준 모양이군요. 역시 레므리가스 장군. 단순한 전쟁 바보는 아닌 모양이야. 만족, 만족.'

세필드는 눈에 부드러운 빛을 되돌리고, 생글거리는 미소를 띠었다.

"장군은 사이파카르 전하의 교육관을 주도에 붙들어 두고 환대하고 있는 모양이군요."

"!!!"

'그런 것까지 알고 있는 거냐?!'

레므리가스는 놀람과 동시에 등줄기가 서늘해지는 느낌이 들었다.

'대체 어디까지 알고 있는 거지. 어떻게 알고 있는 거냐.'

레므리가스는 세필드에게서 끝을 알 수 없는 두려움을 느끼고 작게 몸서리쳤다.

"요는 그것과 같은 겁니다."

"즈…… 즉, 세필드 경은 내게 사이파카르 전하의."

레므리가스는 침을 꿀꺽 삼켰다.

"신병을 구속하라는?"

"아뇨아뇨, 설마."

세필드는 과장되게 눈앞에서 손을 내저었다.

"그런 무서운 말을 제가 할 리가 없지요. 그런 게 아니라, 사이파카르 전하를 장군의 눈길이 닿는 곳에 두어서 차분하게 환대하였으면 하는 겁니다. 아침부터 밤까지. 아뇨, 오히려 아침부터 아침까지, 이려나."

세필드는 쿡, 하고 웃었다.

"장군에게는 미인 시녀가 많이 있지 않습니까? 아름답게 차려입고 치장한, 혹은 아무것도 입지 않은 시녀들로 하여금 술과 식사를 대접시키면 되는 겁니다."

"……어째서 그런 걸 할 필요가 있는 겁니까?"

"사이파카르 전하가 환대를 받고 있는 이상, 전하의 신하는 우리의 뜻에 거스르지 못할 것 아닙니까."

레므리가스는 과연, 하고 신음했다.

"전하를 인질로 삼아 전하의 군단을 견제하라는? 잘 되면 전하의 군단을 움직이고자 하는 그런 겁니까?"

"그러니까. 인질이 아니라고요. 어디까지나 손님입니다. 하지만 뭐, 인질이든 손님이든 전하가 우리 수중에 있으면 신하들은 우리한테 거역할 수 없다는 것이지요."

"전하의 군세가 필요하다면, 전하와 동맹을 맺으면 되는 것 아닙니까."

세필드는 레므리가스의 그 지적을 쉽사리 부정했다.

"그건 무리네요. 의자는 하나밖에 없습니다. 그리고 밀라니에우스 전하와 사이파카르 전하는 선제 폐하의 자식입니다. 두 영웅은 나란히 설 수 없다는 것이지요. 의자에 앉을 수 있는 건 한 사람뿐인 겁니다. 그러니까."

돌연 세필드의 얼굴에서 미소가 사라졌다.

"장군도, 둘 다가 아니라, 둘 중 어느 한쪽을 선택해 주십시오."

"윽……."

"그리고 우리를 선택하시지 않을 경우, 우리 군은 리존을 함락시키고 그 여세를 몰아 이곳 리엔나레로 달려올 겁니다. 지금 리엔체주에 우리의 진격을 저지할 병력은 없습니다. 그렇지 않습니까?"

'젠장. 이 녀석이 말하는 대로다.'

레므리가스는 얼굴을 일그러뜨리고, 낮게 신음했다.

'문제는 밀라니에우스 전하가 얼마나 되는 병력을 움직이고 있는가 하는 점이군. 2만이나 3만 정도라면 어떻게든 되겠지만.'

"아, 그래요. 깜박 잊고 있었습니다."

갑자기 세필드가 그렇게 말했기에, 레므리가스는 자기도 모르게 의자에서 엉거주춤하게 일어나 있었다.

레므리가스는 황급히 의자에 앉아, 가능한 한 냉정하게 들리도록 주의하면서 말했다.

"무엇을 깜박 잊고 있었던 것입니까?"

"리존의 집정관에게서 문서를 맡았던 걸 잊고 있었습니다."

"뭣?!"

세필드는 바닥에 놓여 있던 가죽 서류 가방에서 한 통의 문서를 꺼냈다.

"이걸 장군에게 건네주길 바란다는 것이 리존 집정관 경의 의뢰입니다."

'이 자식. 깜박 잊고 있기는커녕, 꺼낼 기회를 살피고 있었군.'

레므리가스는 세필드에게 놀아나는 기분이었다.

상대가 내민 문서를 낚아채듯이 받아들고는, 레므리가스는 펼치는 것도 답답한 듯이 문서의 내용을 훑어봤다.

거기에 적혀 있던 것을 요약하면 이하와 같았다.

밀라니에우스 전하의 세력 5만에 포위되었음. 상대는 공성 병기도 준비하고 있음. 공격당하면 도저히 버틸 수 없음. 시급히 원군을 보내주길 바람. 만약 원군이 올 수 없는 경우에는 항복하여 개성하는 것을 용인하여 주길 바람.

'5만이라고?! 그런 대군을…… 아니, 잠깐. 이 문서, 이 녀석들이 날조한 건 아니겠지.'

장군은 다시 한번 문서에 적힌 내용을 응시했다.

'서명은 집정관 레피두스의 것이다. 내가 잘못 볼 리가 없어. 이건 진짜다. 혹시 협박해서 쓰게 한 건가? 아니아니, 그게 아니다.'

집정관이 협박을 받아 이런 문서를 쓸 수밖에 없다면, 이미 도시가 중대한 위기에 직면해 있다는 것이나 다름없다.

적어도 포위한 부대가 1만이나 2만이 아니라는 것의 증거다.

집정관이 협박받았는지 자발적인 건지는 알 수 없지만, 어느 쪽이건 리존이 대군에 포위되어 있는 건 틀림없다.

'그리고 지금 내 수중에는 2개 군단밖에 없는 것도 사실이다.'

레므리가스는 확실하게 궁지에 몰려 있었다.

이미 선택지는 달리 없는 듯한 느낌이 든다.

'설마 밀라니에우스 전하의 움직임이 이렇게나 빠를 거라고는.'

밀라니에우스 자신이 과단(果斷)하며 과감한 게 아니라, 황자의 우수한 가신이—이 세필드를 비롯한—과단하며 과감하다는 것이지만, 그렇다 치더라도 이 정도까지일 줄은 레므리가스도 생각지 않았다.

사이파카르와 밀라니에우스를 비교하면 전자 쪽에 손이 올라간다고 생각했던 레므리가스였으나, 가신까지를 포함하면 호각이지 않을까 하는 생각이 들기 시작했다.

'그렇다면. 현재 상황에서 어느 쪽에 붙을 것인가 하는 선택지라면, 밀라니에우스 전하를 선택하는 것도 괜찮은 선택지군.'

하지만 우유부단한 레므리가스는 결단하지 못했다.

전장에 서 있으면 얼마든지 결단할 수 있는 장군도, 책상 앞에 앉아 있으면 좀처럼 결심이 서지 않는다.

그런 자신의 성향에 짜증을 느끼면서도, 레므리가스는 그것이 나라는 남자이니 어쩔 수 없다며 태도를 바꿨다.

그는 아직 사이파카르라는 선택지도 남겨두고 싶었던 것이다.

"가령 제가 사이파카르 전하를 환대한다고 치고. 당신들은 전하를 어떻게 하실 생각입니까? 죽일 겁니까?"

"아니아니아니아니."

세필드는 놀란 얼굴로 오른손을 휙휙 내저었다.

"환대하는 손님을 죽인다든가, 말이 안 되지 않습니까? 쓸모가 있는 동안에는 계속 손님이에요, 물론."

뒤집어 말하면 쓸모없어지면 죽인다, 볼일이 없어지면 처리하겠다는 말이지만, 곧바로 암살하겠다는 것도 아닌 모양이다.

레므리가스는 남몰래 안도의 숨을 내쉬었다.

'게다가 내가 사이파카르 전하를 수중에 두고 있으면, 여차할 때 이 녀석들에게 대항하는 수단이 될 수 있을지도 모른다. 일단은 제안을 받아들여 둘까.'

레므리가스도 난세를 살아남아 온 어엿한 무장인 것이다.

잠자코 상대의 말대로 따르는 꼭두각시는 되지 않는다.

마침내 레므리가스는 결단했다.

"알겠습니다. 이쪽에서 사이파카르 전하를 환대하기로 하겠습니다."

"감사합니다, 장군. 이걸로 쓸데없는 시간을 들일 필요가 없게 되었습니다."

"쓸데없는 시간이라 하심은?"

"물론 리존을 공격하거나, 이곳 리엔나레를 공격하는 시간이지요."

레므리가스는 불쾌한 듯이 표정을 찌푸렸다.

"그렇, 습니까."

"이제 곧 제도에서 로키신 전하 토벌군이 찾아옵니다. 로키신 전하가 패주한 것을 알아도 물러나지 않겠지요. 아마도 그대로 목표를 우리로 바꿀 겁니다. 아아, 이 경우의 우리라는 건 밀라니에우스 전하의 군과 당신을 말하는 거예요, 장군."

또다시 레므리가스는 불쾌한 듯이 인상을 찌푸렸다.

"그래서 우리는 원정군과 자웅을 겨룰 생각입니다. 우리로서는 황태자 전하의 도움이 되고 싶다고 생각하고 있습니다만, 날아오는 불똥은 쳐낼 수밖에 없으니까요. 원정군을 격파하면 나머지는 제도까지 달리는 것뿐입니다. 우리의 진군을 저지할 만한 군단은 더 이상 없겠지요."

'날아오는 불똥이라고? 뻔뻔하군.'

레므리가스는 그렇게 느끼기는 했지만, 의외로 나쁘지 않을지도 모른다고 생각했다.

'밀라니에우스 전하의 군이 5만 이상 있다면. 그리고 내가 가세하면. 거기다 사이파카르 전하의 군도 산하에 거둔다면. 그리고 안브로우주에서도 징병하면 전부 합해서 8, 9만으로 늘어난다. 제도의 원정군이 얼마나 되는 규모로 올지 알 수 없지만, 이 비상시에 10만은 준비할 수 없겠지. 그렇다는 건, 나빠도 호각, 잘하면 병력으로 웃돌 수 있다. 그런 데다 이곳은 내 지역이다. 흠, 해볼 만할지도 모르겠군.'

레므리가스의 뇌리에 미래의 전망이 펼쳐지기 시작했다.

'세필드는 사이파카르 전하인가 밀라니에우스 전하 둘 중 어느 한쪽을 선택하라고 한다. 좋다. 나는 밀라니에우스 전하를 선택하지. 하지만, 사이파카르 전하를 버리는 게 아니다. 나는 사이파카르 전하라는 선택지를 숨겨 둔 채, 이 녀석들을 따라 주마. 아슬아슬할 때까지 미뤄 두고, 밀라니에우스 전하가 후계자 싸움의 선두에 선다면 문제없이 그대로 유지. 사이파카르 전하가 뒤집는다면 그때는 다시 한번 생각하겠다. 그게 내가 살아남는 계책이다.' 레므리가스는 처음으로 결의에 불탄 눈을 세필드에게 향했다.

어쩌면 세필드는 그걸 보고 '장군은 겨우 우리에게 따를 것을 결단한 모양이군'이라고 생각했을지도 모른다.

"알겠습니다. 세필드 경의 요청을 받아들이겠습니다. 사이파카르 전하는 어딘가에 체류하게 두고, 성심성의껏 환대하도록 하지요."

"감사합니다. 밀라니에우스 전하께서도 기뻐하실 겁니다."

여기서 밀라니에우스의 이름을 꺼낸다는 건, 요컨대 전후의 논공행상에서 그 나름의 보상이 있으리라는 바를 시사하는 것이다.

'흥, 나는 분에 넘치는 건 원하지 않는다. 2대 황제의 중신까지는 바라지도 않아. 어딘가 풍족한 주의 장관으로 부임해서, 편하고 사치스러운 생활을 할 수 있다면 그걸로 족하다. 그걸 위해서, 사이파카르 전하를 있는 힘껏 환대하도록 하지…… 응?'

레므리가스는 중요한 것을 잊고 있었다는 걸 깨달았다.

"저기…… 세필드 경?"

"왜 그러시죠, 장군?"

"사이파카르 전하를 환대하는 건 좋다고 치고. 어떻게 해서 전하를 꾀어내…… 가 아니라, 초대하면 좋습니까? 환대하고 싶으니 꼭 와주시라고 권유한들 어슬렁어슬렁 나올 거라고는 생각되지 않습니다만."

여기서 세필드가 장군의 재량으로, 따위의 말을 꺼낸다면 눈앞의 네모난 탁자를 뒤집어엎어 줄까 하고 생각하는 레므리가스였으나, 그는 선뜻 대답했다.

"아아, 그건가요. 딱히 어렵게 생각할 필요는 없습니다."

"예? 무슨 말입니까? 전하가 어슬렁어슬렁 나올 거라는 말씀이기라도?"

"아뇨아뇨, 물론 그런 말은 하지 않습니다. 그렇다기보다, 그런 제안을 해도 절대로 나오지 않겠지요."

"그러면, 어떻게 해서……."

"사이파카르 전하가 올 수밖에 없는 상황을 만들어 내면 되는 겁니다. 혹은, 그러네요, 전하가 스스로 올 수밖에 없는 조건을 제시하면 됩니다."

'이 녀석이 하는 이야기는 답답해서 곤란하단 말이지. 무슨 말을 하고 싶은 거야?'

장군이 수상쩍어하는 눈으로 세필드를 보고 있었더니.

"그러니까. 장군은 환대하고 있던 전하의 교육관을 슬슬 풀어주고자 생각하고 계시지요?"

"!"

"교육관은 전하께서 직접 데리러 와주시기를 바랍니다. 그렇게 말하는 겁니다."

'이…… 이 자식.'

"사이파카르 전하께는 소중한 교육관입니다. 여하간 선제 폐하께서 붙여 주셨으니 말이죠. 그런 교육관을 내버려 둘 수 있을 리가 없어요. 서툰 짓을 했다가는 제도 쪽에 있는 일 없는 일 전부 보고당하고 말지도 모르니까 말이지요."

'확실히 그렇군. 사이파카르 전하가 2대 자리를 노린다면, 선제 폐하께서 붙여 주신 교육관을 소홀히 할 수는 없어.'

생각에 잠긴 레므리가스에게, 세필드는 몰아치듯이 말했다.

"풀어줄 테니, 그때 교육관이 같이 있는 자리에서 전하와 내밀한 이야기를 하고 싶다는 제안을 꺼내면, 뭔가 큰 의미가 있을 것처럼 들리리라고 생각하지 않나요?"

"그럴지도 모릅니다. 하지만 정말로 전하께서 오실는지."

"오지 않는다면, 사이파카르 전하가 교육관을 저버렸다고 선전하면 될 뿐인 이야깁니다. 아니면…… 그러네요. 교육관에게 부탁해서 사이파카르 전하에게 딴마음이 있다고 제도 쪽에 보고해 달라고 한다는 건 어떨까요?"

"아, 아니, 어떨까요라니, 교육관이 그런 걸 보고할 거라고는 생각되지 않습니다만."

"실제로 할지 어떨지가 아니라 그런 보고서를 쓰게 하여 사자를 제도에 보내겠다는 뜻을 넌지시 비추면, 전하도 무시는 하지 못할 것 아닙니까?"

"윽…… 확실히."

'이 자식, 겉보기는 달리 악랄하군. 이 녀석 자신이 그런 건지, 밀라니에우스 전하의 다른 중신이 조종한 일인지는 모르겠지만.'

"제 예상으로는, 사이파카르 전하는 8할쯤 올 겁니다. 단, 리엔나레로 오라고 하는 건 어렵겠지요. 어딘가 다른 도시, 안브로우주에 가까운 지방 도시가 좋을 거예요. 그것도 아니면."

세필드의 눈빛이 예리해졌다.

"장군이 막 빼앗은 참인 안브로우주 서쪽 도시 중 어딘가, 로도 괜찮을지도 모르겠군요."

"남이 들으면 오해할 말은 하지 말아 주셨으면 하는군

요. 내…… 제가 빼앗은 게 아닙니다. 로키신 전하가 도망치셨기에, 일시적으로 맡고 있을 뿐입니다."

"예, 물론 잘 알고 있지요."

세필드는 그렇게 말하고 빙긋 웃었다.

'칫. 아니꼬운 놈.'

세필드의 어조나 태도에 반발감은 느끼지만, 레므리가스는 그가 제시한 밀라니에우스 세력의 구상은 나쁘지 않다고 생각했다.

'사이파카르 전하의 발을 묶어 두고, 사이파카르 전하의 군대까지 사용하여 제도에서 오는 원정군과 자웅을 겨룬다. 이기면 주변 주들 장관은 밀라니에우스 전하에게 복종하게 된다. 눈덩이처럼 점점 병력을 늘려 제도에 육박하면 측근 중에서도 황태자를 저버리는 자가 나타날 게 분명하다. 이 녀석의 구상인지, 누군가 따로 생각한 녀석이 있는 것인지까지는 모르겠지만, 확실히 구상은 나쁘지 않아.'

그린 그림에 문제가 없다고 한다면 나머지는 실행하는 사람의 좋고 나쁨이 관건인데, 그것이 밀라니에우스라면 아무래도 미덥지 못하다.

하지만 세필드를 보고 있으면 밀라니에우스가 미덥지 못해도 어떻게든 되는 것 아닐까 하는 생각이 든다.

"확실히, 이곳 리엔나레까지 와 달라고 부탁하는 건 사이파카르 전하의 경계심을 불러일으키겠지요."

"장군의 말대로입니다. 예를 들어 안브로우주 서쪽의 중

핵 도시, 로덱 근방 등은 어떻겠습니까?"

'적확한 지적이다. 이 주변에 관해서 상당히 연구했군.'

레프리가스는 세필드에게 작게 고개를 끄덕여 보였다.

"아니면, 주경에 가까운 로니에움 근처일까요."

'이 녀석뿐만이 아니군. 그밖에도 유능한 신하가 있는 모양이다. 그렇지 않다면 이렇게 빨리 대군을 모으고, 이렇게 빨리 그 대군을 남하시키는 게 가능할 리가 없어. 인식을 고쳐야만 할 것 같군.'

레프리가스도 밀라니에우스 황자에게는 유능한 신하가 붙어 있다는 소문은 들었지만, 지금까지는 확인할 기회가 없었다.

하지만 이렇게 되면 사이파카르냐 밀라니에우스냐 하는 선택지가 실로 고민스럽다.

'고민되지만, 뭐 괜찮나. 일단은 흐름에 올라탄다. 올라타서 밀라니에우스 전하 쪽에 붙는다. 그 후의 일은 그 후가 되고 나서 생각하면 된다. 밀라니에우스 전하가 글렀을 경우를 대비해서 사이파카르 전하라는 선택지도 남겨둔다. 그게 내가 살아남는 계책이다.'

레프리가스는 알겠습니다, 하고 말했다.

"교육관을 풀어주는 조건으로 사이파카르 전하를 꾀어내…… 아니, 초대해서 이쪽에서 책임지고 환대하도록 하겠습니다."

"협력에 감사드립니다."

세필드는 소파에 앉은 채 허리를 깊이 숙여 상체를 앞으로 기울였다.

고개를 든 그는 빙긋 웃었다.

"일이 잘 풀리면, 당신은 안브로우주 장관도 겸하게 되겠지요."

'!'

소파에서 펄쩍 뛸 것만 같아지는 것을 레므리가스는 어찌어찌 참았다.

'좋아, 언질은 받았다. 이걸로 스스럼없이 할 수 있겠군.'

레므리가스는 사이파카르에 대한 뒤가 켕기는 감정을 억지로 억누르고, 그에 대한 기대감에서 눈을 돌려 눈앞에 어른거리는 실리만을 보기로 했다.


이리하여 레므리가스 장군은 밀라니에우스 황자 쪽에 붙기로 결단했다.

사이파카르의 전략이 근저에서부터 흔들리는 사태가 된 것이지만, 물론 사이파카르는 그 사실을 모른다.

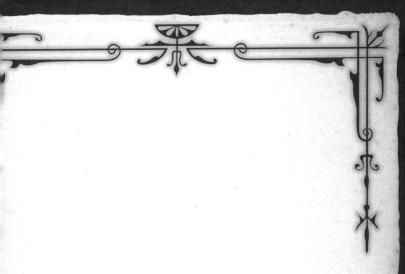

# 제6장
# 치체리아나의 전략

# 1

제도 근교에서 로키신 진압군이 출발하려 하고 있었다.

제도 측 군단은 준 임전 태세를 유지하고 있었기에 출격 준비에는 그리 오랜 시간이 걸리지 않았다.

우선 당초에 정한 6개 군단이 출발하고, 그 후에 4개 군단이 뒤를 쫓게 되었다.

이 후속 부대에는 주군이 없어진 황제 친위대를 발전적으로 해소시킨 뒤, 새롭게 다시 편제한 4개 군단이 충당되었다.

어째서 황제 친위대를 새로운 군단으로 편제할 수 있었는가 하면, 마침내 황태자가 로키신의 모반을 인정했기 때문이었다.

사이파카르가 보낸 보고서나 상신서가 큰 효과를 발휘한 것이다.

여하간 보고한 자는 황족이고, 자신의 친동생이다.

올곧은 황태자가 무시할 수 있을 리가 없다.

사이파카르가 보낸 상세한 경과와 현재 상황 보고를 읽고, 황태자도 로키신의 모반이 사실임을 인정하지 않을 수 없었다.

인정했을 때의 황태자의 분노는 컸다.

그 분노가 황태자의 등을 민 것일까, 그의 대응은 빨랐다.

황태자는 즉시 재상과 군무경에게 명했다.

"황제 친위대를 새로운 군단으로 편제하고, 로키신을 진압하러 보내라."

진압군 병력 부족에 골치를 앓고 있던 재상이나 군무경으로서는 바라마지 않던 일이다.

"황태자 전하께서 이제야 현실을 직시해 주셨다."

군무경은 그렇게 말하며 기뻐했지만, 재상은 황태자의 눈을 뜨게 만든 것이 사이파카르의 보고서라는 것을 솔직하게 기뻐할 수 없었다.

'사이파카르 전하에게 빚이 하나 생겨 버렸군.'

재상은 그렇게 생각했지만, 빚 같은 건 여차하면 떼먹으면 된다고 생각하고 있으니 그렇게 무겁게 받아들이지는 않았다.

이런 부분의 사고는 사이파카르와 비슷할지도 모른다……고 말하면 사이파카르는 싫어할까.

그건 어쨌든.

로키신 진압군 병력은 2만 정도 늘어나게 되었다.

선행하는 부대가 6개 군단 3만이고, 후속 부대가 2만.

황태자 측의 동원 병력만으로 5만이 된다.

여기에 도중의 주에서 병력을 합치면 8, 9만은 된다.

잘하면 10만을 넘으리라.

3만과 5만으로는 주위에 미치는 영향력이 현격히 다르다.

5만의 대부대를 보게 된 주 장관들은 자진하여 진압군에 가세하려 할 것이다.

그만한 병력이 있으면 로키신군을 진압하는 데도 그리 고생은 하지 않을 테고—실제로는 로키신군 따위 이미 어디에도 존재하지 않았지만—그 후에 사이파카르가 어떻게 움직이건, 밀라니에우스군이 남하해 오건 아무런 문제도 없을 터였다.

여기서 '없을 터였다'라고 쓴 건 사태는 제도 측의 상정대로 흘러가지 않았고, 결국 후속 4개 군단 2만은 그 규모 그대로 선행 부대에 합류하지 못했기 때문이다.


2


로키신 진압군 6개 군단이 제도 교외에서 출격한 직후의 일이었다.

제도의 위성도시인 해항(海港) 도시 노도스에 1백 척 가까운 대선단이 습격해 왔다.

노도스 항구는 제국 수군의 기지이기도 했다.

내해 전체의 방어 임무는 치체리아나가 이끄는 제국 수군의 임무였으나, 제도 주변의 본토 연안은 노도스를 기지로 하는 수군이 담당하고 있었던 것이다.

그 수군 기지를 1백 척에 가까운 대선단이 기습했다.

제국 수군 기지를 습격하다니, 대담한 짓에도 정도가 있다.

10년 전이라면 또 모를까, 지금은 한 번에 1백 척이나 되는 배를 동원할 수 있는 해적 세력은 존재하지 않는다.

하지만 제국 수군의 배나 기지를 습격할 만한 세력은 해적 이외에는 생각할 수 없다.

실제로, 습격해 온 배는 본 적이 없는 해적기를 내걸고 있었다.

3

전투는 20척 정도로 구성된 수군 선단이 항구를 나간 직후에, 순풍을 타고 습격해 온 40척이 넘는 해적선에 의해 시작되었다.

항구를 나선 수군 선단의 선두를 가던 배의 견시원이 바다 위에 떠 있는 그것들을 발견했다.

"대선단이 접근하고 있습니다!"

견시원의 보고에 선장이나 간부가 갑판으로 나왔다.

당시, 내해를 가는 배는 고정된 돛으로 바람을 받아 나아가는 형태의 범선으로, 역풍에 대비하여 노와 노꾼들을 갖추고 있었다.

소위 말하는 갤리선이다.

항구를 나왔을 때는 현측에 바람을 맞는 형태였기에 돛은 접고, 노를 저어 나아갔다.

한편, 접근해 오는 선단은 순풍을 받아 바다 위를 미끄러지는 것처럼 다가왔다.

저쪽도 제국 수군과 같은 규모의 갤리선이다.

순식간에 가까이 다가오는 선단을 눈앞에 두고, 제국 수군 선단은 소란스러워졌다.

"뭐냐, 저건?!"

"40척 이상 있다고!"

"해적인가?!"

"말도 안 되는 소리!"

"하지만, 저 깃발은 해적기가 분명해!"

"아니, 잠깐. 저쪽 배는 이쪽과 같은 규모의 대형선이다. 저런 배를 40척이나 갖출 수 있는 해적이 있나?!"

사령선 위에서는 그런 시끄러운 의논이 이루어졌지만, 이내 모든 이가 그런 짓을 하고 있을 상황이 아니라는 걸 깨달았다.

상대에게는 어떻게 봐도 적의가 있다.

이쪽을 공격할 생각이 없다면, 저런 대형을 취한 채 일직선으로 접근할 리가 없다.

"전투 준비!"

"전투기를 내걸어라!"

"전투 준비다──!!"

사령선이 전투기를 내걸고.

그걸 본 선단 소속 각 함선이 전투 준비를 시작했다.

이 시대의 해전은 적의 배에 올라타 벌이는 백병전으로 승부가 결정지어진다.

하지만 지금 제국 수군 선단은 상대의 진행 방향에 우현을 보여주고 있다.

이대로는 배 현측에 상대의 돌진을 제대로 받고 만다.

철판 등으로 강화된 뱃머리가 현측에 박히면, 배가 부서질 우려도 있다.

"선단 대형 변경! 우현 변침 90도!"

"우현 전타 최대로!"

"선원들에게 전력으로 노를 젓게 해라!"

수군 선단은 우측으로 전타했지만 그쪽은 역풍.

변침하는 데도 한 고생이고, 변침한 뒤에도 속도는 조금도 오르지 않았다.

그에 비해 적 선단은 돛을 한가득 펼치고 최대 속력으로 접근해 왔다.

"쏴라, 쏴라, 쏴라──!!"

선장의 호령으로 쌍방 선단 배들의 갑판 위에서 화살이 발사됐다.

아직 거리가 있기에 화살의 태반은 바다에 떨어졌지만, 개중에는 상대의 배에 닿은 것도 있다.

쌍방의 갑판 위에서 수 명이 쓰러졌다.

동료의 희생에 눈길을 주지 않고 서로 화살을 쏘아 댔지만, 엄폐물 뒤에 숨거나 화살을 막을 방패를 들고 있거나 해서 희생자는 그다지 늘지 않았다.

서로 화살을 쏘아 대는 사이에 쌍방의 거리는 순식간에

좁혀지고.

그대로 선단끼리 엇갈리나 싶었을 때, 북상해 온 해적 선단이 변침했다.


4


빨간 가죽 모자를 쓰고, 빨간 가죽 상의에 빨간 가죽 통 바지, 빨간 가죽 장화라는 화려한 차림으로 사령선 갑판에 서 있는 여자가 힘차게 빼 든 검으로 날아오는 화살을 쳐 내며 박력 있는 목소리로 외쳤다.

"좌현 전타 30! 부딪쳐라──!!"

곧바로 부관이 지시를 전했다.

"좌현 전타 30──!! 그대로 충돌시켜라──!"

수기(手旗)가 흔들리고, 따르는 배에 지시가 전달된다.

선단이 일제히 좌현으로 전타했다.

"검을 뽑아라! 충격에 대비해라! 올라탄다!"

"검을 뽑아라──!"

"충격이 온다, 대비하라!"

노린 배의 현측이 눈 깜짝할 사이에 가까이 다가온다.

이미 상대의 갑판에 있는 병사의 얼굴도 또렷하게 보일 정도의 거리였다.

상대도 다들 발도하고 있다.

"대장은 이곳에 있어 줘."

온몸을 빨간색으로 감싼 여자가 옆에 서 있는 다른 여자에게 말했다.

그쪽은 검은 가죽 모자에 검은 가죽 상·하의라는 정통적인 차림이다.

그 옆에는 화살을 막을 방패를 든 전투원이 두 명 있지만, 두 사람 모두 갑옷은 입지 않고 가죽제 모자나 상·하의를 입고 있을 뿐이었다.

선상을 둘러봐도 갑옷을 입고 있는 사람은 없다.

갑옷은 무거워서 움직이기 힘든 데다, 만약 바다에 떨어지면 가라앉고 말기 때문이다.

아무리 헤엄을 잘 치는 사람이라도, 갑옷을 입은 채로는 헤엄은커녕 물에 뜨지조차 못한다.

이송되는 육지 병사도 아닌 한, 갑옷을 입은 채 배에 타지는 않는다.


대장이라 불린 여자가 미간을 찌푸렸다.

"그러니까. 대장이라고 부르지 말라고 했지."

"오늘 정도는 괜찮잖아. 왜냐면 우리는 해적이니까 말이야!"

그 말을 듣고 여자는 크큭 웃었다.

"그랬군. 우린 오늘은 해적이었지."

"그렇다고!"

"그러면, 허락한다."

"아싸! 그러면, 대장은 여기서 해적이 싸우는 모습을 지켜봐 달라고!"

"부탁한다, 메로우리."

"맡겨 줘!"

대담하게 웃은 빨간 여자는 검을 치켜들고 주위 병사를 향해 외쳤다.

"자아, 가자! 너희들 늦지 마라! 적은 전원 베어 죽인다!"

빨간 여자는 검을 뽑은 채 흔들리는 갑판을 태연하게 걸어 뱃머리로 나아갔다.

5

둔한 충돌음이 바다 위에서 몇이나 일어났다.

충격으로 배가 흔들린다.

철판을 댄 뱃머리와 현측에는 강도에 차이가 있다.

습격한 쪽의 배 다수는 뱃머리를 제국 수군의 배 현측에 박아 넣는 형태로 멈췄다.

배의 숫자는 얼추 20대 40이다.

제국 측 배 하나에 습격 측은 두 척이 들이박고 있었다.

충격의 여파로 수군선은 반대쪽으로 크게 기울었다.

선상에서는 미끄러져 떨어지지 않도록 난간을 붙잡거나 갑판에 납작 엎드려 있는 병사를 많이 찾아볼 수 있었다.

"지금이다, 올라타라아아!"

빨간 여자는 흔들리는 배 위를 사뿐하게 달렸다.

"뒤따라라, 뒤따라라!"

몇 명이나 되는 해적이 전후좌우를 감싸는 것처럼 같이 뛰어갔다.

뱃머리에 도착해도 아무도 속도를 떨어뜨리지 않는다.

"가라아아!"

빨간 여자는 도약하여 허공으로 뛰쳐나갔다.

하지만, 그것도 순식간의 일.

빨간 여자와 그녀를 따르는 해적들은 잇따라 적선에 옮겨 타 닥치는 대로 적을 베었다.

"받아쳐라!"

"한 명도 살려서 돌려보내지 마라!"

"그건 이쪽이 할 말이다!"

"전부 다 죽여라!"

이곳저곳에서 노호가 일어나고 칼끼리 부딪치는 소리가 울려 퍼졌다.

갑판에 있는 전투원 수는 두 척으로부터 동시에 올라탄 습격 측이 제국 수군 측의 1.5배 이상이다.

중과부적, 비명을 지르며 쓰러지는 건 압도적으로 제국 수군 병사 쪽이 더 많았다.

습격 측은 빨간 여자를 중심으로 폭풍처럼 선상을 휩쓸며 다녔다.

"밀어라! 닥치는 대로 베어라! 한 명도 놓치지 마라!"

병사의 선두에 서서 수군 병사에게 달려드는 빨간 여자는 날이 무뎌진 검을 버리고, 등에 짊어진 다른 검을 힘차게 뽑았다.

"왜 그러지, 왜 그러지?! 제국 수군 병사쯤이나 되는 자가, 그 정도의 저항밖에 못 해도 괜찮은 거냐?!"

여자는 좁고 젖은 갑판을 나비가 나는 듯한 화려한 발놀림으로 움직이며 수군 병사를 도륙해 나갔다.

"메로우리 님께 뒤처지지 마라!"

따르는 병사들도 그녀에게 지지 않고 사납게 날뛰었다.

이윽고 갑판에는 제국 수군 병사의 모습이 적어지고, 열세를 뒤집을 가능성이 사라졌음을 깨달은 나머지 수군병은 검을 내던진 채 양손을 들고 항복의 뜻을 표했다.

"지니, 네 부대로 무기를 버린 자를 사로잡아라! 나머지는 나를 따라라! 선내의 적을 소탕한다!"

메로우리의 그 명령에 습격 측 병사들로부터 오오오! 하는 함성이 올랐다.

메로우리는 수십 명의 병사를 거느리고 선내로 통하는 계단을 뛰어 내려갔다.

제국 수군의 배다. 선체 구조는 자신들이 타고 있는 배와 기본적으로 같으니까, 선내에서 헤맬 불안은 없다.

메로우리 이하는 금세 선내를 제압하고 배를 완전히 탈취했다.

다른 배에서의 전투도 대부분 마찬가지 경과를 따랐다.

개개의 전투능력으로도 습격 측이 더 뛰어난 데다. 습격자 측이 더 전투원이 많다. 수군 병사가 아무리 분발해도 열세를 뒤집는 것은 불가능했다.

6

출항한 제국 수군 선단 20척과 해적 선단 40척이 해상에서 충돌하는 사이에, 해적의 별동대가 항구 안으로 돌입하고 있었다.

그쪽도 40척 이상의 대선단이다.

지휘를 맡은 건 메로우리의 심복인 간돌프라는 남자로, 부관으로 오르비네아가 붙어 있었다.

이미 알고 있겠지만, 제국 수군을 습격한 것은 해적 같은 게 아니라 해적으로 위장한 치체리아나 휘하의 함대였다.

선단 총지휘를 맡은 것이 메로우리고, 해전 부대 지휘도 그녀가 맡고 있다.

즉 이것은 제국 수군끼리의 전투인 것이다.

항구에 돌입한 별동대는 항구 내에 있던 제국 수군선을 습격하여 불화살을 쏘고, 이를 불태웠다.

훌륭하게 기습이 성공하여 도망칠 수 있었던 수군선은 거의 없었다.

불과 수 척이 항구 밖으로 도망쳤지만, 그 배들도 해전을 끝낸 선단에 포위되어 포박되었다.

항구의 수군선을 불태운 별동대는 그대로 강습 상륙을 행하여 항구에 늘어선 창고들을 불태웠다.

하역을 위해 정박하고 있던 민간선도 용서 없이 불태웠다.

항구의 배나 건물을 불태운 별동대는 희생을 거의 내지 않고 철수했다.

훌륭한 기습 작전이었다.

이 결과, 제도의 외항이라고도 할 수 있는 노도스는 항구로서의 기능을 상실했다.

그뿐만이 아니라 그곳에 비축해 두었던 대량의 병참이나 무기까지도 잃었다.

황태자 측에게는 충격적인 대사건이었다.

누군가에 의한 습격과 이로 인해 받은 손해를 보고하는 급사가 제도에 파견됐다.

보고를 받은 제도의 황태궁은 벌컥 뒤집혀 큰 소동이 일어났다.


7


충격적인 보고를 받고, 황태궁 회의실에 제국 중진이 모여 있었다.

누구의 얼굴에도 경악과 초조한 기색이 배어 나와 있다.

"100척이나 되는 해적 선단이 노도스항을 습격하다니, 믿기지 않는다만."

"그런 큰 세력을 자랑하는 해적이 남아 있었다는 건가?!"

"내해에 소굴을 튼 해적은 선제 폐하께서 일소하셨을 터다."

"그만한 해적이 어디를 본거지로 삼고 있는 거지?"

"설마, 외해에서 침입해 온 건 아니겠지."

"곧바로 본거지를 밝혀내고, 토멸하기 위한 선단을 보내야만 한다."

"아니, 지금은 해적을 신경 쓸 상황이 아니라고. 우선 사항은 로키신 전하 모반의 뒤처리. 다음은 밀라니에우스 전하의 군대가 남하하는 걸 저지하는 거다. 빌더발더스도 멈춰야만 하고."

"그렇군요. 해적 퇴치는 치체리아나 황녀에게 맡기면 되겠지요."

"애초에 노도스항에 있던 50척이 가라앉아 버렸다면, 우리가 움직일 수 있는 수군은 이제 거의 남아 있지 않다. 황녀 전하의 선단을 움직여 달라고 할 수밖에 없어."

재상, 군무경, 재무경, 내무경이 그렇게 격렬히 논쟁하고 있었더니,

"잠깐 기다려 주십시오."

외무경이 끼어들었다.

"왜 그러지?"

"보고서에 '해적 선단은 우리 쪽과 규모가 같았고 배도 같은 형태였다'라고 적혀 있었지요."

재상이 적혀 있었지, 라며 고개를 끄덕였다.

"우리 수군의 배와 같은 수준의 대형선을 100척이나 갖춘 해적이라는 게 좀처럼 믿기지 않지만."

재상이 그렇게 말하자, 외무경이 무겁게 고개를 끄덕였다.

"예, 저도 믿어지지 않습니다."

"하지만 보고서가 잘못되었을 거라고는 생각되지 않는다. 100척의 해적선이 습격해 온 건 틀림없는 사실이겠지. 사실이기에 중대한 사태인 것 아닌가."

재상이 그렇게 지적하자, 외무경은 복잡한 표정으로 대답했다.

"그렇습니다. 그 부분입니다."

"뭐라? 그 부분이라니, 어느 부분이냐?"

"100척이나 되는 해적선이 내해에 있을 거라고는 생각되지 않습니다. 하지만, 실제로 100척의 해적선이 노도스항을 습격했다. 그렇다면."

거기서 말을 끊은 외무경은 일동의 얼굴을 둘러보며 말을 이었다.

"그 100척은, 정말로 해적 선단일까요?"

"무슨 의미지?"

"지금 100척이나 되는 대형선을 어려움 없이 모을 수 있는 자가 있다고 한다면, 그건……."

"!!!"

외무경이 하고 싶은 말을 눈치챈 다른 중신들의 얼굴이 경악으로 일그러졌다.

"치체리아나 전하의 배라고?!"

"논리적으로 생각하면, 그런 추론이 성립합니다."

네 명의 중신은 팔짱을 끼고 얼굴을 찌푸리며 낮게 신음했다.

이윽고 재상이 침통한 표정으로 목소리를 쥐어짜 냈다.

"그럴 개연성이 높다…… 고 할 수 있겠군."

"치체리아나 님은 궐기했다. 황태자님 타도를 위해 군사행동에 나섰다. 그렇게 생각해야만 하겠지요."

외무경이 그렇게 말하자 내무경이 작게 한숨을 내쉬었다.

"제일 위험한 인물이, 가장 성가신 인물이 마침내 움직인 겁니까."

"분명히 말해서 로키신 전하보다도 치체리아나 전하가 훨씬 더 성가시고 무서우니까 말일세. 그렇기는 해도 황녀 전하에게는 육전 병력이 없으니까, 지금 당장 우리의 위협이 되는 건 아니지만."

군무경의 그 말을 받아, 다시 외무경이 입을 열었다.

"성가신 건 황녀님이 궐기했다는 증거가 지금으로서는 아무것도 없다는 점입니다. 습격해 온 건 해적이니까 말이지요. 우리가 황태자님께 치체리아나 님 토벌군을 보내자고 진언해도, 들어주지 않으시지 않겠습니까?"

그러자 군무경이 자조의 미소를 띠었다.

"병사를 보내려 해도, 태울 배가 없지만 말입니다."

"으으으음."

재상을 팔짱을 끼고는 미간을 찌푸려, 최대한 떫은 얼굴로 천천히 입을 열었다.

"황녀 전하가 궐기했다면, 다른 항구도 습격당할 가능성이 있군."

재상의 그 지적에 군무경이나 내무경이 숨을 헙 삼켰다.

재상에게 지지 않을 정도로 떫은 표정을 지은 군무경이 다른 중신의 얼굴을 둘러보고 말했다.

"중요한 항구에는 군단을 파견하여 수비를 굳혀야 하겠지요. 앞으로 두 곳, 세 곳 더 습격당하면 우리는 메말라 버리고 맙니다."

군무경은 중요한 항구가 그 기능을 상실하면 제도에 들어오는 밀 반입이 멈춰 버린다고 말하고 있다.

"그건 그렇다만. 하지만 그렇지 않아도 병력 부족인데, 항구를 지키기 위한 군단 같은 걸 준비할 수 있나?"

재상이 그렇게 물었다.

"항구에 상륙하는 것을 막기만 하면 되니, 군단을 파견할 필요는 없을 겁니다. 항구 하나당 3개 대대만 있으면 충분하지 않겠습니까."

"그거라면 1개 군단 정도의 병력으로 항구 세 곳을 지킬 수 있군. 2개 군단이 있으면 여섯 곳인가."

"2개 군단이 있다면 여섯 곳을 지키고도 1천이 남습니다. 그걸로 한 곳을 더 지킬 수 있지요. 일곱 곳을 지키면 어떻게든 될 겁니다."

"항구를 지켜도, 해상 통행을 방해받지는 않겠습니까?"

내무경의 그 지적에, 군무경은 작게 어깨를 으쓱여 보였다.

"그건 어쩔 수 없네. 식량에 관해서는 당분간 육상 수송에 의지할 수밖에 없겠지. 우리는 항구를 지키면서 배를 건조할 수밖에 없어. 항구만 지킨다면 치체리아나 남의 위협은 현격히 줄어들게 되네. 조금 전에도 말했듯이, 그분의 수중에는 육상 병력이 없는 것이나 마찬가지일세. 기껏해야 내해를 지나는 배를 습격하는 정도밖에는 할 수 없겠지."

"그것밖에 없……나. 하지만 너무 느긋한 이야기로군."

재상이 한숨을 내쉬자, 재무경이 머리를 감싸 쥐었다.

"또 새로운 자금이 필요하게……."

그런 재무경에게 동정의 눈길을 향한 다른 중신들이었으나, 금방 표정을 다잡고 서로의 얼굴을 마주 본 뒤 작은 목소리로 대화를 재개시켰다.

"뭐, 자금은 재무경에게 맡기기로 하고."

"문제는 항구를 지킬 병력을 어디에서 조달할 것인가, 하는 것이겠지요."

"그렇군. 2개 군단으로 일곱 곳을 지킬 수 있다고는 해도, 애초에 그 2개 군단을 어디서 끌어 올 것인가 하는 문제가 있다. 지금 제도 주변에 전개하고 있는 군단은 움직이고 싶지 않으니까 말이지."

"그거라면."

외무경이 말했다.

"황제 친위대를 다시 편제한 군단 중에서 2개 군단을 사용하면 되지 않겠습니까."

"과연."

군무경이 눈을 크게 떴다.

"그 2개 군단은 마침 제도 교외에서 출격 준비 중이다. 각지에 배치한 군단을 일일이 이동시키는 수고를 덜 수 있겠군."

"하지만 반란군 진압을 위한 병력이 줄어들게 됩니다만."

내무경의 그 지적에 군무경은 괜찮을 겁니다, 하고 대답했다.

"항구 방어라는 중요한 일을 위해서는 어쩔 수 없습니다. 여차하면 레므리가스 장군이나 사이파카르 전하의 군도 쓸 수 있을 것입니다."

이 부분의 상황 인식은 무르다고 말할 수밖에 없지만, 각지가 혼란에 빠져 있어 정보가 착종(錯綜)된 데다 어떻게 해도 연락이 닿는 게 늦어지기 십상이라는 당시의 사정을 감안하면, 어쩔 수 없는 면도 있다.

하지만 정확한 정보를 가능한 한 빠르게 입수하는 노력

이 부족했다고는 할 수 있으리라.

가령 제도 측이 밀라니에우스 세력의 재빠른 남하를 파악하고 있었다면, 여기서 원정군에서 2개 군단을 빼는 짓은 하지 않았을 터다.

그건 어쨌건.

재상은 결단을 내렸다.

"좋다. 안브로우주에 파견하는 후속 부대는 1개 군단 5천으로 해 두지. 나머지 3개 군단 중 1개 군단은 유사시의 상황에 대비하여 제도에 남긴다. 나머지 2개 군단은 3개 대대별로 나누어서 항만도시 수비에 사용하지. 그렇게 해 두고, 해적 퇴치를 위해, 이건 어디까지나 해적 퇴치를 위해서이지만, 황태자 전하께 군선 건조를 진언하여 인가를 얻기로 한다."

군무경, 내무경, 외무경 세 사람은 고개를 크게 끄덕였지만, 재무경만은 고개를 풀썩 숙인 채 작게 한숨을 내쉬었다.


치체리아나 황녀의 움직임이 제도 측에 새로운 반응을 낳고.

제도 측 반응이 사이파카르나 밀라니에우스 진영에 파급하여 가게 된다.

그리고.

치체리아나 황녀는, 한 단계 더 움직였다.

그건 제도 측의 예상을 배신하는 움직임이었다.

## 8

노도스항을 습격한 치체리아나 선단은 거의 손실을 입지 않은 채 본거지 알데 바란으로 물러나 있었다.

알데 바란의 항구 밖에는 한층 더 많은 함선이 집결해 있었다.

전부 합치면 2백 척 이상은 될까.

그리고, 지금도 여전히 계속해서 모이고 있었다.

요선(僚船) 사이를 누비며 나아가는 사령선 갑판에 선 치체리아나는 바다 위를 가득 메울 듯한 대선단을 둘러보고 만족스러워 보이는 얼굴로 말했다.

"좋아, 제법 모였군. 이걸로 다음 작전을 실행할 수 있어."

옆에 선 메로우리와 오르비네아가 고개를 크게 끄덕였다.

"그러게 말이야. 설마 제도 녀석들, 우리가 본토 서쪽 해안 상륙을 노리고 있을 거라고는 상상도 하지 않고 있을 거라고. 대장이 생각하는 건 언제나 다른 사람들의 생각보다 훨씬 삐딱하게 앞서간단 말이지."

"그건 칭찬하고 있는 건가, 메로우리?"

"절찬하고 있다고!"

"그런 걸로 해 두지."

치체리아나는 그렇게 대답한 뒤 바다 위 서쪽을 내다봤다.

"내 약점은 육전 병력을 가지고 있지 않은 것. 그 정도는 나도 알고 있다. 바로 그래서 육전 병력을 확보할 필요가 있어. 동시에 대륙에서 활동하기 위한 거점과 병참도 확보해야만 한다."

"그걸 제도의 아득한 건너편에서 구한다는 착상이 평범하지 않습니다. 말을 바꾸자면, 이상합니다."

"그건 칭찬하고 있는 거냐, 오르비네아?"

"대절찬입니다."

오르비네아가 태연하게 그리 말하자, 치체리아나는 고개를 작게 갸웃했다.

"그렇게는 생각되지 않는다만."

"전하의 기분 탓입니다."

치체리아나는 불만스러운 듯한 얼굴로 말했다.

"나에 대한 너의 평가는 아무래도 납득이 안 되는 부분이 있어."

오르비네아가 표정을 바꾸지 않은 채, 그다지 감정이 담기지 않은 말을 꺼냈다.

"사랑합니다, 전하."

치체리아나는 도끼눈을 뜨고 가볍게 소스라쳤다.

"……너한테 사랑받아도 곤란해."

"이 무슨 너무하신 말씀."

"아니, 너무한 건 언제나 너잖아?"

"대장에게 한 표다. 너는 좀 더 대장을 공경해야 한다고."

"네가 그런 말을 하는 거냐, 메로우리."

"어? 뭔가 말했어? 대장?"

치체리아나는 한숨을 한 번 내쉬고는, 오른손으로 자신의 이마를 눌렀다.

"아니, 됐다. 신경 쓰지 마라."

"그나저나, 말이지. 녀석들의 얼빠진 낯짝이 경악으로 일그러질 걸 상상하면 벌써 웃음이 멈추질 않아, 대장."

메로우리는 그렇게 말하고는 즐거운 듯이 웃었다.

하지만 치체리아나는 엄한 표정을 무너뜨리지 않은 채 대답했다.

"웃고만 있을 수도 없다. 이건 우리에게 있어 건곤일척의 도박이기도 하다. 돌이킬 수는 없어."

"알고 있대도. 배는 순풍을 타고 나아가기 시작했어. 나머지는 목적지를 향해 돌진할 뿐이야."

"그렇군. 우리는 선단으로 바다를 건너고, 목적지인 플란넬 지방으로 향한다. 우선은 해항 도시를 점거하여 그곳을 거점으로 삼아 내륙으로 지배 지역을 넓히면서 병력을 늘려나간다. 그것이 제국을 잇기 위한 나의 전략이다. 제도의 외항을 습격한 건 전략을 실현하기 위한 첫걸음에 지나지 않아."

메로우리가,

"첫걸음, 감쪽같이 성공했지."

라고 말하자, 치체리아나는 아주 약간 표정을 풀고는

음, 하고 고개를 끄덕였다.

"이걸로 우리는 전 병력으로 원정에 나갈 수 있다. 황태자 측에는 이제 배가 없다. 우리의 항구를 습격할 배도, 우리의 도시를 점령하기 위한 육전 병력을 옮길 배도 더 이상 없는 것이다. 안심하고 본거지를 떠날 수 있어."

"이미 이베르 반도의 해양 도시국가와는 이야기가 되어 있으니, 플란넬 지방을 향한 우리의 항해를 가로막을 자는 없습니다. 물이나 병참 제공도 받을 수 있습니다."

오르비네아가 그렇게 말을 이었다.

"방심은 금물이다. 3백 척을 넘는 선단을 무사히 플란넬 지방까지 옮기는 것만으로도 제국사에 남을 대사업이 된다. 준비는 용의주도하게 진행해야만 하지만, 느긋하게 있을 수도 없다. 모두를 서두르게 해라."

"알고 있다고, 대장!"

"잘 알고 있습니다, 전하."

"베르딘, 투노스, 안델레이에게도 출항 준비를 서두르도록 전해라."

"넵!"

"준비가 갖추어지는 대로 출항한다. 내가 제국을 계승하는 항해로 말이지."

메로우리나 오르비네아 이하 주위에 있던 참모들이 자세를 바르게 하고, 치체리아나를 향해 오른손을 들었다.

"옙!!"

'이 항해는 길고 힘든 것이 될 것이다. 하지만 나는 반드시 완수해 보이겠다!'

바다를 가득 메울 정도의 대선단을 둘러보며, 치체리아나 황녀는 격렬한 투지를 불태웠다.

9

이리하여 제국 측이 가장 두려워하는 인물, 치체리아나 제2황녀는 움직였다.

제도 측이 예상도 하지 못한 방향으로.

제국의 동란은 이미 멈출 바를 몰랐다.

군웅들 사이의 후계자 싸움은 어느새 돌이킬 수 없는 곳까지 와 있었다.

# 발문

역사상에 이름을 남긴 수많은 영웅들도 처음부터 이름을 남기고자 생각했던 건 아니다.

그들이 이룩한 위업이 결과로서 그들의 이름을 역사에 남기게 한 것이다.

이름을 남기는 것이 목적이 아니라, 그건 결과의 산물이다.

그러면 그들의 목적이란 무엇이었을까.

사람에 따라.

시대에 따라.

장소에 따라.

다양한 것이 있었으리라.

자신의 부귀영화이거나.

일족의 번영이거나.

소속된 국가의 융성이거나.

세계 평화이거나.

원수 토멸이거나.

적국 타도이거나.

지배지 확대이거나.

세계 제국의 창건이거나.

그 목적은 작은 것부터 큰 것까지 실로 다양하다.

하지만 목적의 크고 작음과 이루어진 결과의 크고 작음은 비례하지 않는다.

범죄자로 붙잡힐 뻔했던 자가 그걸 피하여 도망치고, 어쩔 수 없이 일어섰을 뿐인데 그 결과 최종적으로 현 지배자를 타도하고 새로운 왕조를 만들어 버렸다는 예도 있다.

당초에 그는 그저 원죄(冤罪)에서 벗어나고자 했을 뿐이었다.

그의 목적은 달리면서 커져 간 것이다.


롬니에우스 1세의 경우는 어땠을까.

그도 처음부터 세계 제국 창건을 생각하고 있었던 건 아니리라.

왕국이 성립되고 난 후부터는 기세가 향하는 대로……였던 건 아닐까.

주위에는 비슷한 규모, 비슷한 세력의 나라가 몇이나 있었다.

그런 상황에서는 싸우는 걸 멈추면 주위 나라들에 집어삼켜질 뿐이었다.

그래서 계속 싸웠다.

주위 나라들을 계속해서 집어삼켰다.

그렇게 해서 왕국은 확대되고.

이윽고 세계 제국을 향한 길이 열렸다.


그러면, 사이파카르의 경우는 어땠을까.

그의 경우는 처음부터 목적이 정해져 있었다.

롬니아 제국의 붕괴를 저지하고, 제국을 재건한다.

그것이 일관된 목적이었다.

그는 그곳을 향해 한결같이 매진했다.

후계자 싸움 속에서 차츰 세력이 커져 갔다.

하지만 그의 목표가 다른 것으로 바뀌는 일은 없었다.

제국의 붕괴를 저지하고, 재건한다.

처음부터 마지막까지 이 목표가 흔들리는 일은 없었다.

이건 드문 사례라고 할 수 있을 것이다.


목표가 분명하며 알기 쉽다.

그것이 그의 패업을 이루는 데 일조한 측면은, 확실히 있었다.

하지만 비슷한 목표로 움직이는 자가 그밖에도 있었다.

그것이 제2황녀 치체리아나다.

그녀도 처음부터 제국을 잇고, 제국 재건을 바라고 있었다.

제국의 번영을 원하고 있었다.


목적을 알기 쉽고, 공감을 얻기 쉽다.

덧붙여 개인의 능력이 높다.

그리고 선제 롬니에우스 1세의 직계였다.

이 두 사람이 유력한 후계자 후보가 되는 것도 자연스러운 흐름이라고 할 수 있다.

그렇지만 두 사람에게는 비슷한 약점도 있었다.

사이파카르의 본거지는 제도에서 아득히 멀고, 그리고 병력이 부족하다.

한편, 치체리아나의 본거지는 제도에는 가까웠다.

그리고 어느 정도의 병력도 가지고 있었다.

하지만 육전 병력이 결정적으로 부족했다.

육전 병력에 한하면, 그녀는 사이파카르보다도 적었던 것이다.

그런 그녀가 어떻게 해서 약점을 해소해 나갔는가.

동시에, 역시 병력 부족이라는 약점을 안고 있던 사이파카르가 어떻게 해서 약점을 해소해 나갔는가.

다음 권에서는 제국의 후계자 싸움을 크게 좌우하게 되는 치체리아나와 사이파카르의 구상력과 실행력을 검증해 나가게 될 것이다.

그리하여 제국의 패자를 둘러싼 이야기는 가속되어 간다.

# 후기

안녕하세요, 마이사카입니다. 올해의 (겨울) 삿포로는 그다지 춥지 않습니다. 1월에 최고 기온이 영상인 날이 2주간이나 이어진 건 20년 만이라던가? 최저 기온도 영하 두 자릿수까지는 내려가지 않습니다. 작년에는 몇 번이나 내려간 적 있는데. 그래도 적설은 평년 수준. 스키장에도 눈은 제대로 있습니다만, 올해 첫 스키를 타러 갔더니 둘째 날에 비가 내렸습니다(눈물). 역시 겨울은 그 나름대로 추워야.

자, 이 권이 발매될 무렵에는 벌써 J리그가 시작되었겠네요. 우리 이와타는 J1에 올라가지 못했습니다만…… 그래도 쇼난이나 마츠모토, 야마가타와 같은 승격조 경기에는 매우 주목하고 있습니다. 이와타가 있는 J2도 물론 주목하고 있고 말고요. 삿포로 대 이와타, 올해야말로 삿포로 돔에서 관전하고 싶네요.

그건 제쳐 두고.

오랜만에 프라모델을 샀습니다. 전차 프라모델. 1/35 사이즈. 어느 정도로 오랜만인가 하면…… 초등학생 이래? 초등학생 때는 사이즈가 더 큰, 모터를 싣고 있는 타입을 사고, 만들어서, 주행시키면서 놀았었죠. 어째서 인제 와서 새삼 산 것인가? 그건 전차물 신작을 내는 기념(웃음).

머잖아 사진을 블로그에 올리겠습니다. 하지만, 만든 건 제가 아니지만 말입니다!

그 전차 소재 신작은 2월에 나옵니다. 그렇다기보다, 발매될 겁니다. 제목은 「심홍의 마포이―제16독립전차소대의 분전」(패미통 문고)이고, 전차와 마법과 군복 미소녀의 이세계 판타지입니다. 여유가 있으시다면, 부디.

4월에는 「떨어진 용왕과 멸망해 가는 마녀의 나라」(MF문고) 7권이 나옵니다. 어쩌면 드라마CD가 붙은 게 발매될지도 모르기에, 이쪽도 여유가 있으시다면 부디.

어째 조금씩 추후 예정 안내문으로 변해 가고 있습니다만, 중요한 「롬니아 제국 흥망기」 다음 권은…… 여름이려나. 가을이 될 일은 없을 거라고 생각합니다.

그러면, 다음은 4월에 「떨어진 용왕과 멸망해 가는 마녀의 나라 Ⅶ」에서 만나 뵙겠습니다.


마이사카 백화점 신 별관 가동중 → http://maisaka100ka.blog.fc2.com/

트위터도 가끔 어쩌다 생각났다는 듯이 중얼거리고 있습니다.


2015년 2월 길일
마이사카@이번 달 말은 스키 바캉스다 코우 드림

**Commentarii de Imperio Romnia Vol.5 KYOUSHU NO DAINI OJO**
©Kou Maisaka, Sawaru Erect 2015
First published in Japan in 2015 by KADOKAWA CORPORATION, Tokyo.
Korean translation rights arranged with KADOKAWA CORPORATION.

# 롬니아 제국 흥망기 5

2020년　8월　7일 1판 1쇄 인쇄
2020년　8월 14일 1판 1쇄 발행

**저　　　자** 마이사카 코우
**일 러 스 트** 에렉트 사와루
**옮 긴 이** 주승현
**발 행 인** 유재옥
**본 부 장** 조병권
**편집 1팀** 정영길 김민지 조찬희
**편집 2팀** 김다솜 이본느
**편집 3팀** 오준영 곽혜민 김혜주
**라이츠담당** 김슬비 한주원
**디 지 털** 박상섭 이성호 최서윤
**물　　　류** 허석용
**발 행 처** ㈜소미미디어
**등　　　록** 제2015-000008호
**제 작 처** 코리아피앤피
**주　　　소** 서울시 마포구 토정로222, 403호(신수동, 한국출판콘텐츠센터)
**판　　　매** ㈜소미미디어
**마 케 팅** 한민지 이주희 우희선
**전　　　화** 편집부 (070)4164-3962, 3963 기획실 (02)567-3388
　　　　　　 판매 및 마케팅 (070)4165-6688, Fax (02)322-7665

ISBN 979-11-6507-968-0 04830
ISBN 979-11-5710-116-0(세트)